Hedwig Zander · Wohin, Krieg und Gebet

Hedwig Zander

Wohin, Krieg und Gebet

Bibliografische Information der Deutschen Nationalbibliothek:
Die Deutsche Nationalbibliothek verzeichnet diese Publikation in der Deutschen
Nationalbibliografie; detaillierte bibliografische Daten sind im Internet über
http://dnb.d-nb.de abrufbar.

Zeichnungen: Gustav Zander
Umschlaggestaltung, Herstellung und Verlag:
Books on Demand GmbH, Norderstedt
ISBN: 978-3-8391-9321-1

WOHIN

Als ich begann, mich mit diesem Thema zu beschäftigen, schrieben wir das Jahr 1991, inzwischen sind wir bei 2002 angelangt. Und die Zeit läuft in einem atemberaubenden Tempo dahin. Wir stehen heute ernstlich vor der entscheidenden Frage, ob und wie wir weiterleben wollen.

Wie unendlich viele, unterschiedliche Prognosen haben wir erlebt, die Wissenschaft hat uns die Entstehung der Welt, des »Alls«, des Lebens, des Menschen erklärt: Die Zukunft erscheint uns so unglaublich vielgestaltig, wir haben schöne und schreckliche Zeiten erlebt. Krankheiten, Kriege, Bedrohungen aller Art haben die Menschheit heimgesucht – und doch: Wir können uns nur sehr schwer vorstellen, wie das Leben auf der Erde weitergehen soll, wenn wir unsere Vorstellung nicht grundlegend ändern.

Haben wir gelernt, Frieden zu halten, ist es uns gelungen, Übel wie Krankheiten, Gewalt, Kriege zu verhindern? Trotz unendlicher Möglichkeiten der Information ist es uns bisher nicht gelungen, ein Lebenskonzept zu finden, in dem alles, was uns umgibt, die gesamte Schöpfung, integriert ist. Sicher, wir glauben, daß wir in der Lage sind, alles zu verbessern, alles nach unserer Ansicht zu vervollkommnen – wir werden sehen, was wir erreichen werden.

Wir haben Religionen und Weltanschauungen, Ideologien und Lebensarten erfunden, doch ist es uns gelungen, den Teufel, das Negative, Zerstörerische aus der Welt zu vertreiben? Ob wir an einen Teufel glauben oder nicht, ist nicht wichtig, aber daß unser Leben nicht abläuft, wie es könnte, daß wir Menschen anstatt des Goldenen Kalbes die Menschen- und Nächstenliebe auf den Sockel heben sollten, daß wir nicht tief innerlich friedfertig sind – das ist gewiß. Und hier wollen wir beginnen, zu überlegen, warum das so ist.

Um es mit Ditfurth zu sagen: Der menschliche Verstand demaskiert sich als der Widersacher Gottes.

Leo F. Buscaglia: Vergeude deine kostbare Zeit nicht damit, dir den Kopf zu zerbrechen, warum die Welt so unvollkommen ist. Frage dich lieber: Was kann ich tun, um sie zu vervollkommnen. Darauf gibt es immer eine Antwort.

Oder auch Augustinus:
Den Guten ist es eigen, daß sie die Welt gebrauchen, um sich Gottes zu erfreuen; hingegen möchten die Bösen Gott gebrauchen, um die Welt zu genießen – sofern sie überhaupt glauben, daß ein Gott sich um menschliche Dinge kümmert. Dem sittlichen Gebot aus Freude am Guten gehorchen, das ist wahre Freiheit. Denn: »Die Seele nährt sich von dem, woran sie sich freut.«

Der Mensch ist eingespannt in ein Netz von Begriffen, die seine Gedanken lenken, ihn beherrschen, seine Entschlüsse beeinflussen, kurz, von denen er abhängig ist, ohne es zu merken. Eine Unzahl von Fesseln hat ihn in ihrem Bann, aus denen er nicht entrinnen kann, die er zum Teil nicht erkennt, und die ihn doch an allen Ecken und Enden steuern und seine Gedanken in bestimmte Richtungen lenken. Und er hat sich selbst eine Menge neuer, völlig unnötiger Fesseln angelegt, ohne es selbst zu bemerken. Wie weit wir wirklich frei sind, und ob es überhaupt einen Sinn hat, weitgehend frei zu sein, darüber wollen wir auch nachdenken.

FREIHEITEN UND FESSELN

Wie wenig wir im Grunde frei sind, sogar von uns selbst, das verraten schon Worte, wie: »da hat es mich gepackt« oder »... es ist in mir hoch gekommen«, also ein »ES« beeinflußt uns. Sind wir das nun eigentlich selbst oder handelt es sich um etwas, das uns von außen beeinflußt, uns steuert?

Selbstverständlich sind Regeln und Gesetze notwendig, um das Leben an sich untereinander zu ordnen. Unser Verstand ist noch keineswegs in der Lage, alles zu überblicken und daraus Konsequenzen zu ziehen, die ein friedfertiges und kreatives Leben auf dieser Erde zulassen. Der »Egoismus des Lebens« ist notwendig, um ein Leben zu ermöglichen. Ohne die Bezogenheit eines Lebewesens auf sich selbst kann es nicht existieren. So müssen wir abwägen, wie viel »Egoismus« wir benötigen oder uns zusteht, um das Leben zu erhalten, und wo diese »Ichbezogenheit« beginnt, unseren Frieden mit den Menschen, der Natur, mit unserer Umwelt zu stören. Ist denn die Lebenskraft, der Lebenswille, überhaupt mit »Egoismus« zu bezeichnen? Müssen wir uns nicht ein anderes Wort suchen, das den Willen zum Leben nicht ins Negative kehrt? Denn allen Lebewesen ist ein Trieb angeboren, der ihnen das Leben unter all den feindlichen und unfreundlichen Einflüssen, unter allen Bedrohungen und Gefahren ermöglicht, sie schützt vor schädlichen Einflüssen, wie Witterung, Nahrungsmangel, Freßfeinden und ähnlichen Schwierigkeiten.

Es würde dir wohl schlecht bekommen, bei Rot über eine belebte Kreuzung zu fahren. Auch würdest du in die Luft gehen, wenn z.B. – weil alle Bürger die Steuern verweigern – plötzlich Strom und Wasser ausfielen usw. Du mußt deine Erkenntnisfähigkeit benutzen, um zu entscheiden, welche Freiheit dir zusteht, ohne Schaden zu erleiden oder andere zu verletzen. Du hast die Freiheit, dir über das Zusammenleben der Menschen untereinander und mit der Natur Gedanken zu machen, neue Wege zum allgemeinen Nutzen zu suchen, in der Technik, in der Kommunikation. Du kannst dir z.B. überlegen, wie du jemandem, der es bitter nötig hat, eine Freude bereiten kannst. Du kannst deinen Verstand dazu benutzen, zu erkennen, warum du in der Schule so viel Ärger hattest, welchen Unsinn man im Laufe deines Lebens versucht hat, dir einzutrichtern. Über alles kannst du nachdenken und dir überlegen, was du selbst hier richtig oder falsch gemacht hast.

Ganz einfach ist das sicher nicht. Aber eines wissen wir: Denken tut not, statt Gewalt! Denn mit Gewalt wird nichts erreicht, sondern nur wieder neues Unglück.

Und so wollen wir uns einmal die Freiheiten und einige Fesseln unseres Lebens näher ansehen, um zu sehen, wohin wir gehen. Wo sind sie, die den Irrtümern des Denkens den Kampf ansagen, um die Welt von Haß und Krieg, von all dem Gegeneinander unseres Lebens zu befreien und auf der Erde ein lebenswertes Leben für alle Geschöpfe zu ermöglichen?

Wir sind von einer Unzahl von FESSELN umgeben, ohne uns dessen bewußt zu sein und wollen uns wenigstens einige davon ansehen.

FREIHEIT

Es ist eine großartige Sache mit der Freiheit, und wir sind stolz darauf, in einem »freien« Land zu leben. Doch was bedeutet das?

Die Idee eines »Uhrwerks« des menschlichen Lebens, das demnach automatisch abläuft und uns keine oder nur sehr geringe Freiheiten der Entscheidung zugesteht, ist schon deshalb absurd, weil wir ein Bewußtsein besitzen – und wozu braucht ein Uhrwerk ein Bewußtsein?

Über diese Freiheit gibt es einen Wust von Irrtümern.

Freiheit ist ein geistiger und kein äußerlicher Zustand. Kein Zustand des Intellekts, sondern eine innere Entscheidung. Freiheit soll den Menschen nicht belasten, sondern ihn frei machen. Und was meinen wir damit? Es ist nicht mit Freiheit zu interpretieren, wenn wir uns von Gesetzen, von den Moralbegriffen, von unseren »Pflichten« frei machen wollen, um das zu tun, was uns gerade paßt. Wir können uns nicht von unseren Emotionen steuern lassen und uns dann »frei« fühlen. Uns von dem Haß und der Meinung um uns beeinflussen zu lassen, und den dadurch ausgelösten Gefühlen nachzugeben, ist keine Freiheit! Wir sind nicht »frei« von den Bedürfnissen unseres Körpers. Wir können seine Forderungen befriedigen oder ihn durch übermäßige »Befriedigung« ruinieren. Er gibt uns Gesetze vor, an die wir uns zu halten haben.

Sogar in der Religion sollen wir doch frei sein! Selbst Mohammed hat geschrieben: Es soll kein Zwang sein im Glauben.

Wir müssen uns nach den Regeln unserer Gesellschaft, unseres Staates, unserer Weltanschauung richten. Wollten wir all diese »Unfreiheiten« abschaffen, käme ein Chaos zustande.

Wo also haben wir eine Möglichkeit der »Freiheit«? Sind wir nicht maßlos eingeengt?

Wenn man nur daran denkt, wie leicht wir uns beeinflussen lassen. Wenn man einen Menschenhaufen rennen sieht, laufen alle hinterher, auch, wenn sie gar nicht wissen, warum. Sie folgen jedem Demagogen, der sich darauf versteht, ihnen ein glückliches Leben zu versprechen oder ihren negativen Instinkten entgegen zu kommen, indem er ihnen patriotische Sentenzen predigt, ihren innersten Schweinehundgedanken eine Richtung gibt, oder sie zuletzt auch in einen Krieg hetzt.

GEWALT

Trotz Christentum, Islam, Buddhismus gerät die Welt mehr und mehr in den Bann eines eigenartigen Egoismus, der zu frustrierenden Gewalteskapaden führt. Wenn wir zurückblicken in die Geschichte, werden wir immer wieder diese Auswirkungen der Gewalt erkennen, von denen uns doch die Religionen und die Philosophie, das Nachdenken und auch das Wissen darum, daß wir alle Menschen und aufeinander angewiesen sind, und eine allgemeine Toleranz befreien sollten.

Wir sind dabei, alles in uns und um uns zu zerstören, bedenkenlos unter dem Aspekt, daß wir die Herrscher sind, daß wir wissen, was uns nützt. Unsere Macht hat die Eigenschaft, daß sie sich immer mehr ausbreiten wird, daß wir nicht spüren, welches Unheil damit angerichtet wird – und wenn wir dessen gewahr werden, ist es zu spät für eine »Reparatur«.

Auch der Fanatismus giert nach Macht, er hat das Bestreben, sich auszudehnen, sich breit zu machen, alles einzuebnen, und sieht nicht, was er für Zerstörungen anrichtet, die nicht wieder gut zu machen sind. Ein Wahnsinn ist das alles – und warum merken wir nicht, was überall in der Welt dadurch angerichtet wird? Was soll z.B. der Fanatismus in der Religion? Fordert sie nicht Toleranz, Nächstenliebe, Achtung vor der Schöpfung, vor den Tieren, vor der Weisheit Gottes?

ANGST

Es gibt ein russisches Sprichwort: Die Angst frißt die Seele auf.

Sie liegt tief in uns verborgen und überfällt uns häufig, auch bei den geringsten Anlässen. Als Kind ist man besonders anfällig für die Angst. Sie ist in der Natur eingebettet, auch zum Erhalt des Lebens. Das Verhalten der Tiere gibt uns ein Beispiel. Sie haben eine Grenze, deren Überschreitung ihren Fluchttrieb auslöst. Innerhalb dieser Begrenzung fühlen sie sich sicher. Und auch in uns ist ein Rest dieser »Grenze« vorhanden. Wir fühlen es, wenn wir intensiv angestarrt werden. Zu starke Nähe fremder Menschen empfinden wir als unangenehm. Jedes größere Vorhaben, von dem unser weiteres Geschick abhängen kann, löst Ängste in uns aus.

So ist die Angst durchaus erforderlich und zum Teil auch lebensnotwendig. Und doch: Wir müssen uns davor hüten, ängstlich und furchtsam zu sein. Aber eine »lebensnotwendige« Angst dient ja der Voraussicht, der Vorsicht, der Überlegung, alles, was erforderlich ist, das Leben zu erhalten. Die Natur hat deshalb auch die »Angst« als Lebensretter eingebaut. Ganz ohne diese Art von Angst können wir wohl nicht leben. Doch wir müssen uns davor hüten, uns von der Angst beherrschen und sie nicht unbegründet in uns entstehen zu lassen.

Eine schlimme Eigenschaft ist die

FEIGHEIT.

Vielfach kommt sie ebenfalls aus der Angst. Shakespeare meint, »Überfluß und Frieden zeugen Memmen.« Hieraus kann nicht als ein Ziel des Lebens der Schluß gezogen werden, den Frieden abzuschaffen, um Memmen zu vermeiden. Vielmehr wird die Langeweile, die den Menschen träge und uninteressiert macht, ihm den Aufschwung nimmt, einen Feigling aus ihm machen.

Auch Überfluß erzeugt Feiglinge, die um ihren Besitz bangen und oft vor keinem Mittel zurückschrecken, sich zu schützen. Sie brauchen Aufpasser, Wächter, um ihre Angst in Grenzen zu halten. Oft besteht der »Mut« nur darin, sich vor der Angst zu bewahren. Sie zittern vor jeder Änderung und werden von ihrer Feigheit zuweilen völlig beherrscht.

Dagegen gehört auch viel Mut dazu, sich über sich selbst klar zu werden, seine Schwächen zu erkennen und sie vor sich selbst einzugestehen. Es gehört auch viel Mut dazu, z.B. eine Karriere aufzugeben, um den Ärmsten der Armen zu helfen.

Feigheit ist es, wenn eine Horde schreiender Chaoten auf eine Minderheit los geht, wenn unausgegorene Rohlinge sich auf alte, wehrlose Leute stürzen, um ihnen etwas wegzunehmen, das diese meist dringend für sich selbst benötigen, oder sich an der Hilflosigkeit von Behinderten zu vergreifen. Es gab eine Zeit, zu der solche »Großtaten« auf eine derartige Verachtung stießen, daß die Täter keinen Fuß mehr auf den Boden brachten, auch nicht bei ihren »Kameraden«.

Vielleicht kann man die Äußerung Shakespeares so betrachten, daß Überfluß und Bequemlichkeit Memmen erzeugen. Nur in der Übermacht und gegenüber Schwächeren fühlen sich die Memmen stark.

HABSUCHT

Was ist sie für eine unglaubliche Fessel, die ihre Anhänger fest im Griff hat! Die Befriedigung der Grundbedürfnisse, wie Essen und Trinken, Kleidung, Unterkunft, Erziehung, Bildung, Freizeitgestaltung etc., ist in den Industrie-Staaten im allgemeinen gewährleistet. Nur müssen wir uns fragen, wie weit gehen die echten Notwendigkeiten und wo fängt die Habgier an? In der östlichen Weisheit wird gelehrt, daß jeder erfüllte Wunsch eine Reihe neuer Wünsche und »Bedürfnisse« hervorbringt.

Diese Entwicklung können wir bereits bei den Kindern sehen. Welch reiche Phantasie bringen Kinder in den »unterentwickelten Ländern« hervor, die nur wenig und einfaches Spielzeug besitzen, und wie gelangweilt und verdrießlich werden Kinder, die mit ausgefuchsten Dingen überfüttert sind. Sie wissen in kurzer Zeit nichts mehr damit anzufangen und verlangen nach neuen Dingen, nach Abwechslung, nach Zerstreuung, nach neuen Reizen. Auch den Erwachsenen geht es ja nicht anders. Jeder erfüllte Wunsch erzeugt einen Rattenschwanz von neuem Verlangen. Wie absurd das auch ist, aber davon lebt die Wirtschaft, unser »Wohlstand«, unser »Wachstum«!!!

Und so fügen wir uns diesen Anforderungen, verbrauchen wertvolle Rohstoffe, beuten die Natur aus und erzeugen weiter unübersehbare Berge von Abfall und Müll, überall, wo wir hinkommen, uns aufhalten – werfen Dinge weg, um die zwei Drittel der Menschheit dankbar wären. Und da bilden wir uns noch ein, FREI zu sein!

Da wir bereits alles haben, was wir wirklich brauchen – und noch viel, viel mehr! – muß uns das Kaufen durch Hinterlist, durch »Imagepflege«, Erweckung von Neid und Gier, durch Erhebung unseres Egoismus in den Rang der Fortschrittlichkeit, schmackhaft gemacht werden. Wir müssen standesgemäß leben! (Was ist eigentlich »standesgemäß«?)

Wir müssen uns darüber klar sein, daß Reklame, Werbung dem Aufschwung der Wirtschaft, der Arbeitsbeschaffung und der Politik dient. Es wird daher wohl erforderlich sein, diese Zielsetzung genau zu erkennen und abzuwägen, wie weit all diese Vorgehensweisen der Zukunft der Welt nützlich oder schädlich sind. Dieser Wohlstand, wie wir ihn jetzt züchten, ist der Tanz um das Goldene Kalb, der letztlich in den Abgrund führt. Wenn wir unsere Wirtschaft nur auf diesem Weg erhalten können, stimmt irgend etwas nicht, und das ganze System muß neu überdacht werden. Eine Unmenge von »Fesseln« umgibt uns, wir können sie nicht alle erwähnen. Doch ein intensives Nachdenken wird uns weiter helfen.

Aber daß wir sehr abhängig sind von der Macht, von der Meinung der anderen, von sehr vielen unbewußten Gedanken in und um uns, das sollten wir uns vielleicht einmal vergegenwärtigen und gründlich nachdenken, was auf unserer lieben alten Welt zum Wohle des Ganzen noch rechtzeitig vor dem unvermeidlichen Untergang – wenn wir so weiterwursteln – zu verbessern ist.

Wir müssen uns befreien von veralteten Ansichten, von destruktivem Denken, von den Verirrungen unseres »technischen Zeitalters«, von dem falschen Denken über Macht und Reichtum, über die uns von den verschiedenen Institutionen und Ideologien eingetrichterten Ansichten und Meinungen über uns selbst und den Sinn unseres Lebens. Wir müssen endlich damit beginnen, uns unserer Verantwortung uns und der gesamten Schöpfung gegenüber bewußt zu werden. Wir können so nicht mehr weiter machen, der Countdown läuft, schneller als wir denken in dieser rasanten Zeit.

Es ist seltsam, daß die Menschen immer noch glauben, es sei nur wichtig, daß sie selbst leben und nicht begreifen wollen, daß es sehr viel wichtiger ist, daß die ganze Natur in ihrer Vielfalt ebenfalls nach ihren Gesetzen lebt, daß wir ohne dieses Leben nur Elend und Not und einen höchst widerwärtigen und nutzlosen Tod zu erwarten haben.

Wir wissen, daß auch Tiere ein Gehirn bzw. Nervenzellen besitzen, und selbst bei Pflanzen gewisse Reaktionen durch Reflexe hervorgerufen werden. Das gesamte Universum, die ganze Schöpfung, ist an bestimmte Gesetzmäßigkeiten gebunden, ohne die sich alles im Chaos auflösen würde. Je höher ein Organismus entwickelt ist, desto mehr Entscheidungsfreiheit wird er haben, also je mehr Geist, desto mehr Verantwortung. Aber eine absolute Freiheit gibt es nicht – ebenso wie es keine absolute Wahrheit gibt.

Nicht die großen apokalyptischen Reiter sind unser Untergang, sondern einzig das »Goldene Kalb« und die Macht, die es auf uns ausübt, die wir so uneingeschränkt anbeten in unserer Zeit, und die alles verschlingen wird: Freude, Hoffnung, Glück und zuletzt uns selbst.

SUGGESTIONEN

Wir alle sind »Opfer« von Suggestionen, ohne uns meist dessen bewußt zu werden. Nehmen wir nur die Politik. Die Politiker unterliegen selbst Suggestionen und geben sie nach den ihnen passend erscheinenden Erfordernissen weiter. Sie formen ihre Untertanen durch Versprechungen und großartige Pläne und schieben sie genau dorthin, wo sie sie haben wollen.

Am auffallendsten werden wir durch die Reklame programmiert, so daß man Dinge kauft, die man nie braucht, wodurch die Wirtschaft in Gang gehalten werden soll, und die dem »Verbraucher« so wünschenswert und unbedingt für sein Prestige erforderlich dargestellt werden, daß er es gar nicht merkt, wie überflüssig sie sind. Wohl ist es zum Teil ja noch möglich, unsere Gedanken und Wünsche zu kontrollieren, doch die Beeinflussung bleibt unterschwellig in uns hängen und steuert von daher unsere Taten.

Dieser fluchbeladene Trend wächst langsam im Verborgenen weiter, wenn wir ihn nicht aufhalten. Bergab fährt der Wagen von selbst, aufwärts müssen wir ihn ziehen. Und das ist wesentlich mühsamer, allerdings auch viel interessanter! Wir dürfen nicht mehr den bequemsten Weg gehen, er führt unweigerlich in den Abgrund. Die Vernichtung der Regenwälder, der ganzen Natur, des Wassers, der Luft sehen wir uns an – und schalten auf das nächste Programm: Vielleicht auf die neue Mode, moderne Modelle der Möbelhersteller, der Sportartikel, der Autos, auf Rekorde, gastronomische Exklusivitäten – und alles bleibt mehr oder weniger, wie es war. Nur der Zug fährt auf seinem Weg in die Katastrophe weiter – und wir stehen da und winken ihm fröhlich zu.

IHR WERDET SEIN WIE GOTT

Wir kennen das Wort aus der Schöpfungsgeschichte: Ihr werdet sein wie Gott. Wie weit ist diese »Prophezeiung« eingetroffen?

Haben wir uns nicht gründlich bemüht, alles umzugestalten, was uns in der Schöpfung falsch, unvollständig erscheint, und wohin sind wir damit bisher gekommen? Was haben wir besser gemacht? Haben wir uns nicht eine Unzahl von neuen Problemen und Gefahren mit unseren Eingriffen und Verbesserungen eingehandelt?

Warum sollten die Menschen sein wie Gott? Was ist das für ein GOTT? Haben wir ihn uns nicht selbst nach unserem »Bild« gebastelt? – Doch das ist eine andere Geschichte. –

Die »alte Schlange« lauert darauf, daß wir versuchen, Gott gleich zu sein, ihn gewissermaßen zu ersetzen. Und sie wartet nicht umsonst, denn wir tun alles, um die Schöpfung Gottes nach unserem Besserwissen umzugestalten und der fragwürdige Erfolg ist in vielen Fällen augenfällig. Der Satz: Machet euch die Erde untertan (so steht es in unserer Bibel!!), appelliert an unseren Verstand, an unsere Erkenntnis und an unsere Liebe zu den Mitgeschöpfen. Sicher haben wir das Wort »untertan« völlig falsch interpretiert. Wir sind von unserem Begriff »untertan« als »unter« etwas sein, etwas unter unsere Regie bringen, ausgegangen. Das wird es hier aber mit Sicherheit nicht sein. Vielleicht sollten wir darunter verstehen, uns um die Schöpfung so zu kümmern, daß die Einheit gewahrt bleibt, daß wir als denkende Menschen die Zusammenhänge »verstehen«. Wenn wir hier in die falsche Richtung denken und handeln, werden wir das Paradies nicht erreichen, das wir uns dann schaffen können, wenn wir uns den weisen Gesetzen der Schöpfung beugen.

Wir haben viel erreicht an Erkenntnissen und Wissen, und wir wollen weiter in die Geheimnisse der Schöpfung eindringen. Vieles verstehen wir noch nicht, vieles wird uns für immer verschlossen bleiben. Und diese Einsicht sollte uns vor Fehlern bewahren und uns ein wenig Bescheidenheit lehren. Wir möchten in alles eingreifen, ohne die Dinge richtig verstanden zu haben. Wir verändern die Gene, die Natur, den Kosmos (obwohl wir nicht daran denken können, dies in der Tat zu tun!!). Bezeichnend für unseren Größenwahn ist auch, daß wir vom »All« reden, in das wir vordringen. Handelt es sich doch bestenfalls um unser Sonnensystem. Aber schon diese Ausdrucksweise sollte uns stutzig machen. Die »alte Schlange« lacht sich ins Fäustchen, denn sie kann den vernichtenden Erfolg ihrer Einflüsterungen in Ruhe abwarten. Wir sind in der Tat so dumm und vermessen, daß wir uns einbilden, etwas Geniales vorangebracht zu haben, wenn wir so gescheit sind, daß wir mit unserer großen Weisheit alles vernichten können.

Die Naturvölker haben Respekt vor ihren Göttern und hüten sich, der Natur ins Handwerk zu pfuschen – es sei denn, wir bringen sie mit unserer Unersättlichkeit nach allem, was selten und teuer ist, dazu, ihren (und damit auch unseren) Lebensraum zu vernichten. Dann haben wir unbedingt ein weiteres Meisterstück vollbracht. Wir haben jede Achtung vor der Schöpfung verloren und murksen mit unserer übergroßen Gescheitheit munter darin herum. Alles strebt nach persönlicher Ehre und Wertschätzung, kaum einer denkt an das Ganze, an die Welt in ihrer Harmonie, an unsere Abhängigkeit von dem empfindlichen Gleichgewicht von Flora und Fauna, dem Boden, der Luft und dem lebenswichtigen Wasser. Die großartige Vernetztheit alles Existierenden ist uns noch weitgehend unbekannt, und auch unsere Abhängigkeit davon wollen wir nicht erkennen, denn wir glauben, dann nicht »frei« zu sein! Man wird einst unsere Zeit, das Atomzeitalter, als eine maßlose Entgleisung des Geistes der Menschheit und die Folgen mit Kopfschütteln betrachten, wenn wir nicht alle vorher zugrunde gehen.

Warum ist denn die Jugend so aggressiv? Weil sie keine Zukunft in Harmonie und Frieden sieht, weil sie nichts tun kann, um ihr Leben in Freude und Zufriedenheit zu gestalten, weil alles verplant und verdorben ist, und sie nur noch ein Rädchen in diesem Irrsinn bildet – zur Freude der Wirtschaft?? Mit unserem Hochmut werden wir kläglich scheitern und uns sehr wahrscheinlich zugrunde richten. Der Teufel hat uns gewaltig beim Wickel, nur merken wir es nicht, weil die ganze Teufelei sehr fein und appetitlich in Wohlstand verpackt ist.

Die Hoffnung der Zukunft liegt alleine in einer Jugend, die sich abwendet von dem verkalkten Denken. Nur sie kann den von den früheren Generationen eingeleiteten Unsinn stoppen und sich ihrer Lebensberechtigung erinnern. Die Menschen sind nicht hier, um sich an Ideologien zu zerreiben, sich durch Schlagworte, wie z.B. »Fortschritt«, »Arbeitsplätze«, »Wirtschafts-Wachstum« etc. aufhetzen oder von Phantasten und Wahnsinnigen mit einem neuen Feindbild in irgendwelche Kriege jagen zu lassen, um für deren Ideen oder künftigen Wohlstand unterzugehen. Der Mensch hat ein Recht darauf, sich zu entfalten, das Gute in sich und um sich zu pflegen, um Freude am Leben zu haben, aus der Angst herauszukommen, in Harmonie mit allen Menschen, egal was sie denken oder glauben, und mit der gesamten Schöpfung seinen Weg zu gehen. Sind wir nicht eben wegen dieses Mangels an Einsicht und Toleranz alle krank?

HERAUS AUS DEN SEILEN

In früheren Zeiten gab es für minderbemittelte Zecher als Übernachtungsmöglichkeit die »Seile«, über die sich die Schläfer hängten. Eine sehr unbequeme und anstrengende Art, zu schlafen. Aber ohne Geld gab es nichts anderes.

Wir scheinen zuweilen auch so in den Seilen zu hängen, matt, gelangweilt, unbequem, verzweifelt. Wir versuchen, auf eine merkwürdige überspitzte, psychologische Weise unser Leben zu meistern und geraten dabei in einen immer apathischeren Zustand, der einem Hängen im Bodenlosen verdammt gleicht. Sollen uns hieraus die Kräfte erwachsen, mit denen wir den Einflüssen unserer Lebensmaximen begegnen wollen? Wie werden wir aus dieser Lethargie entfliehen können? Weder die innere Müdigkeit noch die immer stärker werdenden Reize von außen werden uns einen Weg zeigen können, den wir mit Freude und Erfolg gehen können.

Die Menschen sprechen über ihre Probleme, als hätten sie nur eine Art kranker Seele ohne einen Körper, der ihnen Freude macht und mit dem sie bewußt leben. Sie versuchen, sich Glücksgefühle zu verschaffen, ohne die ja der Mensch nicht leben kann und will, und bedenken nicht, daß Glück nur aus einer gesunden Körper-Seele-Einheit kommen kann. Wie soll hieraus eine frohe menschliche Gesellschaft werden, die besser ist als in der Vergangenheit? Wo liegen die Ursachen?

Ein Übel des Kapitalismus und des Wohlstandes scheint zu sein, daß dem Menschen die Nestwärme, die nicht nur das Kind so nötig hat, nicht mehr zur Verfügung steht. In den großen Familien in früheren Zeiten – bei manchen Völkern gibt es sie noch heute – war der Mensch integriert, er gehörte dazu, er war willkommen und versorgt bis an sein Lebensende. Und wo sind die wunderbaren Freundschaften, die großen Liebenden, die Idealisten hingekommen? Ist es der fehlende Idealismus, der die Jugend in die Arme von Rauschgift und Verbrechen treibt? Das Gefühl seiner eigenen Wert- und Nutzlosigkeit angesichts der bestehenden Verhältnisse? Was haben wir von teuren Spielsachen, aufwendigen Dingen, Superwagen, vollautomatischen Küchen und Fabriken, wenn wir keine Erhöhung der Lebensfreude damit gewinnen, sondern uns nur bestenfalls damit brüsten? Jedes Kind, das mit Spielzeug überfüttert wird, verarmt, seine Phantasie verkümmert, die geistigen Fähigkeiten erschlaffen, und die Überlegenheit des Reichtums verhindert darüber hinaus die Zuwendung zum anderen Menschen und die Beziehung zur eigenen Psyche, die sich später bitter rächt.

Voll Stolz sehen wir auf unsere Erfolge nach dem 2. Weltkrieg und glauben, etwas Großartiges für die nachfolgenden Generationen geleistet zu haben. Doch haben wir ihnen nicht auch eine innere

Wüste hinterlassen? Der Sand läuft unter den Füßen weg, die Orientierung ist verloren gegangen, kein Weg ist zu sehen und die Sonne der Sehnsucht brennt die letzten Regungen aus.

Politiker sagen uns gerne, sie hätten alles im Griff, ob es sich um Arbeitslose handelt, um Kernkraftwerke, um Umweltkatastrophen, um die Lebensqualität, um die Landwirtschaft etc. Aber nur wenig haben sie wirklich im Griff. Alles ist im Fluß, alles ändert sich ständig, und nur im Vorausschauen auf die Zukunft mit all ihren Möglichkeiten können wir versuchen, etwas Positives zu bewirken. Und dazu ist alle verfügbare Kraft erforderlich, ohne Rücksicht auf den so lieben Egoismus, auf die Ferienvilla im Süden, auf die Yacht im Norden oder das künftige Denkmal vor dem Bundeshaus. Was haben wir für die künftigen Generationen getan? Wir haben sie den Tanz um das Goldene Kalb gelehrt, indem wir das »Wirtschaftswunder« gehätschelt haben auf Kosten von Gesundheit, Luft, Wasser, Natur. Wir haben ihnen die kulturellen Werte vorenthalten, weil wir selbst hier nicht mehr viel aufzuweisen haben, denn dafür haben wir vor lauter Jagen nach dem Fortschritt keine Zeit mehr. Und wird nicht das, was wir »ZEIT« nennen, immer weniger?? Wir haben ihnen den Wohlstand vorgelebt, der sie zuletzt in den Abgrund treiben wird, wenn sie nicht zur Besinnung kommen und sich von der Großartigkeit unserer Lehren vom Wohlstand abwenden und endlich damit aufhören, immer mehr zu verbrauchen, immer mehr zu wollen, die Natur mehr und mehr auszuplündern. Sonst bleibt für die nachfolgenden Generationen wirklich nur ein Trümmerfeld des Lebens, über das ihnen allerdings der Computer, der unser Leben inzwischen weitgehend beherrscht, dann genau Auskunft geben kann.

Ein Wunschdenken, das nicht zu realisieren ist, weil die Basis fehlt. Wir werden vielleicht reich sein, weniger arbeiten müssen (was ja die Maschinen und Roboter besser und schneller können), viel Freizeit haben. Und was dann? Was tun wir mit dieser so köstlichen Freizeit und dem so herrlichen Reichtum? Weiterhin die

Natur zerstören, die Tiere in immer kleinere Refugien zurückdrängen, die Pflanzen ausrotten, die Berge in Schutthalden und kahle Felsen verwandeln? Und überall unseren Wohlstandsmüll hinterlassen, damit auch jeder sehen kann, welche Art Schweine hier vorbei gekommen sind? Wir haben ja noch nicht begriffen, daß wir mit dem Aussterben der Arten nur die schnellere Verelendung der Menschheit erleben. Und wir haben verlernt, wieder geistige Werte zu schaffen, die die Seele erfreuen.

Oder wir bereisen andere Länder, in denen Not und Elend herrschen, die Menschen verhungern, die Landschaften veröden? Und in denen es von Wohlstandstouristen aus den hochzivilisierten Ländern nur so wimmelt? Der Himmel wird noch stärker mit stinkenden, lärmenden Flugzeugen voll werden, die Luft und das Wasser noch schlechter und die Menschen durch all diese Belastungen, die man Vergnügen nennt, noch begehrlicher und unzufriedener werden. Die Folgen sind allgemein bekannt. Es wird keine Wälder mehr geben (dafür herrliche teure Möbel zum Vorzeigen!), das Klima wird völlig zusammenbrechen und letztlich werden nur die Ratten überleben und allerlei Mücken, Moskitos und Ungeziefer, Heuschrecken, alle resistent gegen unsere ausgeklügelten Gifte, zu ungeheurer Größe anwachsen – und keine Vögel werden leben, um diese Insektenflut im Zaum zu halten, weil eben diese Vögel durch die Landschaftszerstörung keinen Lebensraum mehr haben bzw. von den dümmsten Völkern der Erde gefangen und aufgefressen werden. Die Stechfliegen werden sich in Scharen auf die Menschen stürzen und Viren und alle Sorten von Krankheiten weltweit verbreiten. Dagegen werden wir dann neue chemische Mittel erfinden, gegen die Mücken und derartiges Getier mehr und mehr resistent sind, solange, bis die Gifte so stark sind, daß auch wir selbst daran zugrunde gehen, oder neue Gifte erfinden, die uns noch eine Weile am Leben lassen.

Sollen wir uns unter diesen Umständen wundern, wenn junge Menschen mit Aggression reagieren, weil sie keine Lebensfreude erkennen können? Wenn sie sich immer neuen, gefährlicheren Sportarten zuwenden, immer mehr die Gefahren aufsuchen, weil ihnen sonst das Leben zu eintönig, zu langweilig wird? Bleibt natürlich die Frage, ob sie an unserer Stelle anders gehandelt hätten, was doch sehr zu bezweifeln ist. In den meisten Menschen hat die Gier nach MEHR einen festen Platz, und solange es nicht gelingt, hier eine Wende der Lebensansichten herbeizuführen, kann gegen keine Gruppe von Menschen ein Vorwurf erhoben werden. Doch woher soll die Wende kommen? Wer wird hier die Kraft haben, sie auf sein Panier zu schreiben und die Menschheit davon zu überzeugen, daß sie nur dann – und wirklich nur dann – Aussicht auf ein glückliches Leben haben wird?

Vielleicht kommt eines Tages in irgend einem Land der Erde ein Politiker an die Regierung, dem es gelingt, seinem Volk Lebensfreude zu geben, die den Menschen das Dasein wieder als ein Glück erscheinen läßt, unabhängig von dem überzogenen Wohlstand. Einen Staatsmann kann man ja nur den nennen, der es versteht, einen Staat so zu führen, daß seine Bürger als mündige Wesen ihr Glück erleben und nicht als Opfer irgend welcher Demagogen und Glücksritter dahinvegetieren. Es hat keinen Zweck, immer nach mehr Wachstum zu schielen, wenn der Preis dafür eine zerstörte Welt und kranke, unglückliche Menschen, wachsende Armut und Frustration sein müssen. Wer kann einem Staatsführer glauben, der für sich Vorrechte in Anspruch nimmt, die dem Volk nicht zugänglich sind, der vor dem Gesetz Vergünstigungen beansprucht, Sonderprivilegien, und sich Dinge leisten kann, für die gewöhnliche Leute jahrelang in den Gefängnissen sitzen? Unser Grundgesetz, daß vor dem Gesetz alle Menschen gleich sind, ist inzwischen vielfach zum Witz verkommen, man braucht nur die Zeitungen aufmerksam zu lesen. Manche Politiker scheinen zu glauben, daß der Eid auf die Verfassung nur dazu da ist, ihr eigenes Wohlergehen und ihren eigenen Wohlstand in höchstem Maße zu fördern. Man kann Probleme nicht einfach »aussitzen«, man muß sie durchdenken und im Sinne der Allgemeinheit handeln, nicht nur im Sinne der Wirtschaft und ihrer Wertsteigerung, die uns nur dem Abgrund näher bringt.

Wie sollen wir weiterleben? Wollen wir ersticken im Lärm, im Gestank, in der Lieblosigkeit, der Unnatur? Wollen wir uns in Kriegen gegenseitig sinnlos umbringen, verhungern, am Leben zugrunde gehen? Und wofür? Für die Interessen einiger Verantwortungsloser, die ihre sogenannten Ideale zum Götzen machen wollen – oder auch ihren Reichtum? Wollen wir alle Fehler der vorhergegangenen Generationen nochmals wiederholen? Sind noch nicht genügend Dummheiten auf dieser so kleinen Welt gemacht worden? Haben wir noch nicht begriffen, daß kein Reich auf die Dauer bestehen kann, sei es auch noch so groß, daß keine Ideologie, keine Religion, die nicht die gesamte Schöpfung in ihre Verehrung einbezieht, und den Menschen als Teil derselben, egal wo und wie er lebt, letztlich von Dauer ist? Wollt ihr euch weiterhin aufhetzen lassen gegen eure Mitmenschen, ohne die ihr ebenso untergehen werdet wie diese ohne euch?

Unsere Eltern sprachen zuweilen von der »guten alten Zeit«.

Es hat immer bessere und schlechtere Zeiten gegeben. Die sogenannte gute alte Zeit ist eine Illusion. Es hat keinen Zweck, sie zu beschwören. Jede Zeit hat ihre eigenen Probleme, und ich bin sicher, daß wir uns die Pest, die Cholera, die Kinderarbeit, das Sklaventum, Verfolgungen von Ideologien, bis hin zu den Hexenverbrennungen und ähnliche Freuden der Vergangenheit nicht mehr wünschen. Wohl kamen wieder und wieder Propheten, die uns einen Weg aus dem Dilemma des Egoismus, des Hasses, der Niedertracht zeigen wollten. Aber wenn man sie nicht gekreuzigt hat, dann hat man viele über kurz oder lang ganz einfach vergessen, denn unser so sehr geehrtes »Ich« war uns immer am allerliebsten. Wie der liebe Nächste mit seinem Leben zurecht kam, war uns im Grunde herzlich schnuppe, solange er uns nicht zu nahe kam. Nach jedem Krieg, nach jeder Naturkatastrophe halten die Menschen schön brav zusammen, um mit mehr oder weniger Elan zu helfen, wieder aufzubauen, wieder dem Leben zu seinem Recht zu verhelfen. Sie besinnen sich wieder auf das einfache Leben, auf das, was wirklich nötig ist und freuen sich über jeden kleinen Erfolg. Denn sie wußten sehr gut, daß es ja auch ihnen selbst wieder besser geht, wenn jeder anpackt.

Doch bald kommt die Habgier wieder über sie, sie können es nicht sehen, wenn einer mehr hat, wenn ein anderer glücklich ist. Wollen wir nicht endlich aufhören mit dieser egoistischen Einstellung, wollen wir nicht beginnen, das Leben im Sinne der Natur und damit das Glück des Menschseins zu gestalten? Die alten Gedankenzöpfe sollten abgeschnitten werden, die uns vorgaukeln, daß im materiellen Besitz, in zweifelhaftem Ruhm und in der Macht das menschliche Glück begründet sei. Wir müssen verhindern, daß alle guten Vorsätze wieder in den alten, verkrauteten Geleisen versickern. Überall werden uns Ideologien, Dogmen gepredigt, die uns nicht weiterbringen werden, politische Programme, die nicht um des Menschen willen, sondern um der Macht und des Ansehens von Institutionen oder Einzelner willen aufgestellt sind. Was soll heute ein engstirniger Patriotismus bezwecken, der uns in eine neue Katastrophe treiben kann, anstatt global die Probleme der Menschheit, der Natur anzugehen? Wir sollten uns des Menschseins bewußt werden, ob wir nun weiß oder schwarz, gelb oder rot sind. Nur gemeinsam werden wir das Glück des Menschen in seinem Lebensraum Natur erreichen, in einem gesunden, erfreulichen Umfeld, nach den Gesetzen der Schöpfung. Und nur so wird die Jugend imstande sein, ein Leben der Menschlichkeit in Angriff zu nehmen, wenn sie sich von den verstaubten, angekränkelten Ideen frei macht, die das verhindern. Die angeblich so erfolgreichen Lebensrezepte vergangener Generationen haben letztlich unserer Zeit immer wieder Übel und Not beschert, einschließlich schrecklicher Kriege und Tschernobyl. Laßt euch nichts vormachen, ihr, die Jugend, könnt die Welt neu gestalten, so daß wirklich eine Einigkeit unter den Völkern wachsen kann, und auch Verachtung, Denunziation, Diffamierung usw. ein Ende nehmen. Es gibt so viele Probleme, die nur aus der Einigkeit aller Menschen auf Erden überhaupt lösbar sind. Wollen wir sie nicht gemeinsam anpacken?

Genügt es uns nicht, muß uns die Natur selbst immer wieder mit Katastrophen daran erinnern, daß wir nicht alles machen können, was wir gerne möchten? Nach derartigen Unglücksfällen spüren wir, wie sehr wir aufeinander angewiesen sind. Könnte das nicht auch ohne Katastrophenfälle so sein? Sicher, Naturkatastrophen können wir nicht beherrschen, aber es gibt auch solche, die wir uns selbst zuzuschreiben haben, und hier sollten wir endlich handeln. Dann könnten wir uns ein Paradies auf Erden schaffen, wenn wir nur ernstlich wollten. Wir müssen aufhören, nach alten, verkalkten Methoden zu leben, die uns vorgaukeln, daß wir nur uns selbst gegenüber verantwortlich sind, und daß wir selber immer die Besten und Klügsten sind, um die sich die Welt dreht. Es bleibt uns nichts anderes übrig, als unsere Gedanken in neue Bahnen zu lenken, auch wenn sie immer wieder in die alten Gleise abrutschen. In allen Ländern werden Patriotismus und Ideologien gepredigt, doch über die Auswirkungen wird entschieden zu wenig nachgedacht. Wie sollen wir eine neue, allgemein gültige Lebensgrundlage schaffen, wenn wir uns weigern, die alten, verrosteten und in der Tat zerstörerischen Ideen aufzugeben? Ich glaube, nur die Jugend mit gutem Willen und weitreichenden Einsichten ist fähig, ein Leben in Menschlichkeit und Toleranz erfolgreich in Angriff zu nehmen. Sie hat nicht die Last der Vergangenheit zu schleppen und ist frei für das Neue.

UND WIE WUNDERSCHÖN KANN DAS LEBEN SEIN

Die Probleme, vor denen die ganze Welt heute steht, können nur in Einigkeit aller Völker bewältigt werden. Jeder Einzelne muß bestrebt sein, alle unheilvollen und negativen Gedanken, die ihn zu unsinnigen Handlungen verleiten, zu verbannen. Nur positives

Denken gewährleistet ein Weiterleben der Menschheit auf dieser Erde. Alles, was sich nicht als fördernd für die Allgemeinheit erwiesen hat, ist nichts nütze. Auch der Forschung müssen wir auf die Finger sehen. Es ist nicht sinnvoll, für Forschungen Geld auszugeben, wenn die Ergebnisse mit großer Wahrscheinlichkeit negativ sein werden, wenn ein Mißbrauch neuer Erkenntnisse nicht auszuschließen ist. Und warum ist das denn so?? Können wir uns nicht vom Leben an sich leiten lassen, von den vermutlichen Auswirkungen unseres Tuns? In sehr vielen Fällen ist es heute ohne weiteres möglich, die Konsequenzen vorher ins Auge zu fassen. Wir haben so schlaue Computer, die uns errechnen können, welche Folgen wir zu erwarten haben. Und wir können sie nicht bannen, indem wir versuchen, sie nicht zur Kenntnis zu nehmen.

Trotzdem ist es gut, heute zu leben, denn unsere Zeit ist hochinteressant.

Wir beginnen, hinter die Materie zu sehen, eine Spur der Schöpferkraft zu erkennen, ständig neue Ideen für ein konstruktives Leben zu entdecken. Wir müssen uns nur hüten, unsere Vergangenheit zu zerstören, unsere gewachsene Kultur, denn dann wird auch die Zukunft darunter leiden.

Auch wenn wir immer mehr Erkenntnisse über die Natur sammeln, wenn wir immer mehr wissen über Zusammenhänge, so werden wir zuletzt überall Gott finden in der gewaltigen Schöpfung, von der wir umgeben sind, und zu der wir gehören. Alles ist ständig in Änderung begriffen, die Welt, die Geschichte, unser Leben. Große Reiche zerfallen, frühere Erkenntnisse werden durch neue ersetzt, alte Vorurteile werden abgebaut. Und wie viele Opfer haben Ansichten und Irrtümer gekostet, weil man sich weigerte, alten Plunder über Bord zu werfen und den Verstand zu gebrauchen, der uns neue Möglichkeiten und Reformen aufzeigt. Einfach Andersdenkende zu verbrennen, schafft das Unheil nicht aus der Welt. Und es ist auch nicht mehr modern. Die Methoden haben sich geändert. Man versucht es heute auf anderen Wegen, dem Menschen Ideen einzublasen, ob über die Medien, durch Agitatoren, selbst auf dem Weg über die Religion – es ist immer dasselbe. Der Mensch wird in eine Richtung gelenkt, die den »Herrschenden« dazu dient, sich selbst zu behaupten. Da die Evolution des menschlichen Geistes noch in den Kinderschuhen steckt, ist das relativ leicht zu erreichen. Ein großer Prozentsatz der Menschen braucht einen »Vordenker«, der sagt, was man zu glauben und zu denken hat, wie man handeln muß, was man zu brauchen hat usw., und dazu ist der Computer bestens geeignet. So taumeln wir von einem Irrtum in den anderen und haben noch nicht gelernt, unsere Entscheidungen VORHER bis zum vermutlichen Endresultat zu überdenken (Flurbereinigung, Flußbegradigungen, Entwicklungshilfe etc.). Sind wir nicht auf dem besten Wege, durch neue Entwicklungen unser Leben weiterhin in Frage zu stellen (Klonen, Gen-Technik usw.)? Können wir immer noch nicht ehrlich die Konsequenzen bedenken und danach handeln?

Wer kann z.B. eine endgültige Aussage über die Wirkungen der Atomreaktoren in ihrem ganzen Ausmaß machen? Sicher, die Entsorgung ist noch nicht gesichert, aber wir glauben, daß sie auch noch nicht so dringend ist!! Wenn sie aber eines Tages wirklich unaufschiebbar ist, und dieser Tag wird kommen, und wir haben immer noch keine Möglichkeit dazu – was dann? Es scheint so, daß wir keine befriedigende und endgültige Lösung dafür finden werden, denn die Experten sind sich darin einig, daß gegen die langfristigen Strahlungen durch TV, Handys, Weltraumstationen, Flugobjekten aller Art und Vergiftung unserer Lebensmittel, von Luft, Wasser etc. wohl keine Garantie gegeben werden kann. Aber wir müssen ja die Atomkraft unbedingt haben! Könnten wir nicht etwas vorsorglicher mit den Energien umgehen oder auf die Sonne vertrauen? Es gibt ja verschiedene Konzepte, die entwicklungsfähig und durchaus brauchbar – und wesentlich ungefährlicher – sind. Wollen wir nicht endlich an die Zukunft denken und nicht nur bis morgen? Sollen uns die kommenden Generationen verfluchen, weil sie einem unendlichen Leid entgegen gehen, das wir ihnen so

gedankenlos vorbereitet haben mit unserem Wirtschaftswunder-
denken? Sollen sie auch keine anderen Ideale haben als den
Wohlstand, immer mehr und mehr davon, und unsere so großartige Kultur und die immensen Möglichkeiten des Geistes darüber
vergessen? Wollen wir warten, bis es keinen Ausweg mehr aus
diesem Dilemma gibt und die Überbevölkerung der Erde zu heute
noch unvorstellbaren Maßnahmen zwingt? Wer kann das verant-
worten? Müssen wir hier nicht auch vom Gebot der Nächstenliebe
aus denken? Und wollen wir warten, bis die zerstörerische Macht
um uns so weit gediehen ist, daß es keinen Rückweg mehr gibt?
Woher sollte dem Menschen noch Freude kommen, die ihn durch
das immer länger werdende Leben trägt? Wird er nicht in Unmut,
Unlust, Langeweile und Widerwillen gegen sich und andere
zugrunde gehen? Sind das die Botschaften der Religionen, der
Wissenschaften, die uns in die nächsten Jahrtausende begleiten
sollen? Haben die Religionen ihre Sendung nicht besser verstanden? Sehen sie nicht, daß eine immer weiter gehende Vermehrung
der Menschen nicht im Sinne der Schöpfung, der Natur, der
Nächstenliebe sein kann?

Was nützen uns alle Religionen und Ideologien, wenn sie es nicht
schaffen, den Menschen so zu ändern, daß ihm das Leben eine
Freude ist? Spaß ist ja keine Lebensfreude, es ist etwas gänzlich
anderes und nicht damit zu verwechseln. Sicher, der Mensch soll
auch »Spaß« haben, aber nicht auf Kosten anderer und nicht als
Lebensinhalt, und vor allem nicht auf Kosten der Natur allgemein.
Freude ist ein überschäumendes Daseinsgefühl, das auch Schutz ist
gegen Drogen und Gewalterscheinungen, gegen Krankheiten und
Kriege, gegen Haß und Mißtrauen. Sie macht das Leben heiter
und lebenswert. Die alte These, daß der Mensch in ein Jammertal
hinein geboren wird, um zu leiden, weil er mit der Erbsünde belastet ist, um dann – vielleicht – irgendwo im Jenseits dafür be-
lohnt zu werden, ist doch keine Religion. Eine Religion ist dafür
da, dem Menschen eine »frohe« Botschaft zu sein. Ist sie das nicht,
gehört sie auf den Müll, denn dann verfehlt sie ihr gottgewolltes

Ziel, und die Menschen sollten ohne schlechtes Gewissen auf sie verzichten. Doch es gibt sie sicher, diese Religion. Bei Leskow z.b. lesen wir: »Das Leben ist uns zur Freude gegeben.« Und was ist denn Freude? Sicher nicht das Schleifenlassen des Fatalismus. Ohne innere Verantwortung, die ja erst den Menschen ausmacht, ist nichts zu hoffen. Naturvölker kennen die Freude sehr wohl. Sie sind zufrieden, wenn ihnen das Leben das gibt, was sie wirklich brauchen, und sie tanzen und feiern. Es soll hier nicht die Rede sein von einem »primitiven« Leben, doch sollten wir uns nicht ständig vorbeten lassen, was wir zu brauchen haben, sondern selbst entscheiden. Denn hier handelt es sich um die Züchtung unersättlicher Wünsche, und jeder erfüllte Wunsch erzeugt eine Unzahl neuer, ganz wie es die »Wirtschaft«, die eine ungeheure Macht gewonnen hat, will. Wir müssen uns endlich darauf besinnen, daß wir keine Automaten sind, die programmiert werden, daß wir geistige, denkende Wesen sind mit eigener Entscheidungsmöglichkeit, wie wir leben wollen, was wir brauchen, wie wir mit unseren Mitmenschen umgehen, mit der Natur, mit der Schöpfung und ihren Gesetzen. Wir müssen auch aufhören, denkfaul zu sein und andere für uns denken zu lassen, denn wir können das selbst! Und wie sollten uns Politiker, Wirtschaftsbosse, Ärzte, Wissenschaftler und Demagogen sagen können, was wir wollen? Das müssen wir endlich selbst wissen, und wenn wir es nicht wissen, müssen wir es lernen, es ist allerhöchste Zeit! Mit all unserer Technik, unserem Wissen, unserem gemäßigten Wohlstand könnten wir uns das Paradies auf Erden schaffen.

DOCH ES IST ZU BEFÜRCHTEN, DASS DIE MENSCHHEIT AN IHRER EIGENEN DUMMHEIT ZUGRUNDE GEHT.

Wozu dienen die Ideologien und Religionen der Welt, wenn sie nicht in der Lage sind, dem Menschen ein Leben zu ermöglichen, in dem er sich auch geistig verwirklichen kann, in dem er die Freude der Erfüllung seiner Talente und Begabungen erfährt? Weshalb sind wir nicht mehr fähig, unser Leben wirklich zu gestalten – sind wir nicht sehr arm geworden? Warum halten wir ständig Ausschau nach Ablenkungen, neuen Vergnügungen, Lärm, Zerstreuung und noch mehr Wohlstand? Brauchen wir denn das alles so nötig? Haben wir nur noch eine große Leere in uns, die mit allerlei Krimskrams ausgefüllt werden muß? Sind wir alle krank? Es ist doch immer wieder das Unvermögen, uns selbst ein Leben in Frieden und Erfüllung zu gestalten, das uns von einem Extrem in das andere treibt und uns meistens unbefriedigt zurück läßt.

Wie großartig kann eine Zeit der Stille und Einsamkeit sein! Wie wunderbar ist die Versenkung in eine Landschaft, in ein Kunstwerk, in die Klänge der Musik? Haben wir das alles verlernt oder verstehen wir es nicht mehr, uns in uns selbst zu versenken?

Von allen möglichen Sekten und Glaubensrichtungen werden uns Paradiese versprochen, Vergnügen, Freude, Glück – und was erleben wir wirklich: Krankheit, innere Unzufriedenheit, Frustration, Ärger, Lebensüberdruß. So wird denn die Menschheit wirklich an Dummheit zugrunde gehen, denn nur Dummheit und Unwissenheit legt uns dieses Schicksal auf. Von den wirklichen, großartigen Möglichkeiten im Leben haben wir noch kaum eine Ahnung!! Was gibt es Dümmeres, als zu glauben, man lebe in all der Fülle ringsum um seiner selbst willen? Alle sind wir doch voneinander abhängig, alle brauchen wir uns, keiner ist imstande, alleine zu leben. Alles stellen wir in Frage um eines momentanen vermeintlichen Nutzens willen. Unsere Dummheit reißt alles mit sich in den Abgrund, und wir glauben, wenn wir davor die Augen verschließen, werden wir bewahrt bleiben. Wir erheben uns mit unserem Verstand über die Gesetze der Schöpfung, anstatt ihn dazu zu gebrauchen, diese zu erkennen.

Warum wenden sich so viele Menschen der Esoterik zu, vor der die etablierten Kirchen eine solche Angst haben? Suchen sie denn nicht nach dem Sinn des Lebens, der Freude, der Liebe der Menschen und der Freiheit? Wohl leicht verfallen sie auf diesem Wege einer neuen Knechtschaft, ohne sich dessen bewußt zu werden. Doch, wo sollen sie den richtigen Weg finden?

Unsere westliche Religion hat versagt, denn das große Wort von der Nächstenliebe, das uns weiterhelfen könnte, hat sich irgendwo versteckt, man findet es trotz 2000 Jahre Christentum selten. Und eine Religion, die im Namen Gottes, z.b. anläßlich der Kreuzzüge, eine Unzahl von Menschen (darunter auch Frauen und Kinder) umbrachte und unzählige Menschen um ihres »Seelenheiles« willen verbrannte, hat doch jede Glaubwürdigkeit verloren. Wie kann sich eine solche Gemeinschaft erdreisten, den Anspruch zu erheben, den Willen Gottes zu kennen und zu praktizieren – und andere Völker zu missionieren? Ist nicht das wichtigste Gebot dieser Lehre die Liebe zu dem »Nächsten«, dem Zuwendung, Hilfe, Freude gegeben werden soll? Wo ist sie denn, diese »Nächstenliebe«? Können wir z.b. Kriege führen in diesem Sinne?? Jede Religion, die im Namen ihres Gottes Morde begeht, zeigt damit an, daß sie Gottes Gesetze nicht begriffen hat, und sie auch nicht wirklich ernst nimmt. Sie will sie oft gar nicht begreifen, weil sie »lästig« sind, da sie nur von ihren Machtansprüchen geleitet wird. Daß aber die systemimmanenten Strafen uns überall finden, überall erreichen, bedenken wir nicht. Wen wundert, wenn Jugendliche hier keine Heimat finden? Daß sie eine andere Art der Gottesverehrung vorziehen? Und welche Religion hat die »alleinige« Wahrheit? Jede für sich erhebt ja den Anspruch auf den alleinigen Besitz dieser Wahrheit. Und wieviel Unheil ist aus dieser Ansicht entstanden! Doch wir können uns hier ruhig an unsere Bibel halten: »An ihren Früchten sollt ihr sie erkennen!« Und diese sind augenfällig!

In den Konzilien wurden von Menschen mit dem damaligen beschränkten Weltbild Thesen über Christi Gottgleichheit (bzw. Gottähnlichkeit) und Marias Jungfrauenschaft bzw. die Geburt eines Gottes, nicht eines gottgleichen Menschen, festgelegt, die heute noch den Menschen als Dogmen auf die Seele gebunden werden. Und von diesem Glauben oder Nichtglaubenkönnen (!) hängt dann die ewige Seligkeit ab! Gibt es nicht in vielen anderen alten Religionen ähnliche Botschaften? Haben wir unser Christentum noch immer nicht verstanden? Und aus diesen seltsamen Dogmen gingen dann die Verfolgungen Andersdenkender hervor. Jeglicher Anspruch auf die »alleinige Wahrheit« wird immer wieder zu Verfolgungen führen, denn der Mensch neigt dazu, anderen seine Meinung oder Überzeugung aufzuzwingen, wenn es nicht anders geht, mit Gewalt! Und jede Religion oder Ideologie, die ihre »Wahrheiten« mit Gewalt verbreiten will, wird scheitern, denn der tiefste Sinn der Religion ist die Freiheit des Menschen, die Liebe zum Nächsten und damit die Liebe und Verehrung dessen, den wir als Gott bezeichnen. Und da die Schöpfung so ungeheuer vielfältig ist – sollte da nicht auch die Gottesverehrung vielfältig sein? Sollte dieser vielfältige Gott nicht dem Verstehen des Menschen angepaßte Propheten unter sie gesandt haben? Wollen wir uns denn das Recht herausnehmen, ihm hier Vorschriften zu machen? Wollen wir ihm vorschreiben, wie viele Propheten oder Lehrer er zu den Menschen schickt? Ein Schöpfer, der diese Ungeheuerlichkeit an Materie mit ihrer unglaublichen Vielfalt erdacht hat, sollte der nicht auch eine Vielfalt an »Geistigkeit« ersonnen haben? Was sind wir doch für kleinliche, gottesferne Geschöpfe! Wie wenig bemühen wir uns im Grunde, die Großartigkeit einer Schöpfung, das Umfassende des Geistes zu begreifen! Hier ist die Evolution noch in den Kinderschuhen, und wir werden uns von dem zersetzenden Materialismus abwenden müssen, wollen wir auch nur einen Teil von Gottes Universalität verstehen.

Wenn z.B. ein Muslim auf dem Markt ein Geschäft macht, wird der Nachbar nicht neidisch auf ihn sehen, sondern denken: »Allah hat meinem Nachbarn einen guten Kunden gesandt, er wird auch mir wieder einen senden.« Wäre es nicht schön, wenn eine Religion von der anderen lernen würde? Christen könnten sich hier gut ein Beispiel nehmen, denn sie neigen sehr zu Neid und Mißgunst und vor allem dazu, auf diese »Heiden« herabzusehen und zu glauben, daß dieser Gott für sie eine absolute, für die gesamte Menschheit gültige und bindende Religion gestiftet hat! Und immer wieder hat dieser Irrglaube Fluch und Elend über die Menschheit gebracht! Sind nicht Gott diejenigen lieber, die seinen Willen auch wirklich tun, als diejenigen, die nur den Anderen sagen wollen, was sie zu tun haben?

Buddha lehrt uns: »Groll mit sich heim zu tragen, ist wie das Greifen nach einer glühenden Kohle, um sie nach jemandem zu werfen. Man verbrennt sich nur selbst damit.«

In einer Zeitschrift wurde über die Ausstrahlung des Baghwan berichtet, der seinerzeit viel von sich reden machte. Die Menschen liebten ihn, sahen zu ihm auf, fühlten sich zu ihm hingezogen. Und sie stießen sich nicht daran, daß er ungeheure Reichtümer ansammelte, denn sie glaubten, er habe ein Anrecht darauf.

Die Menschen brauchen das Opfer, das lehrt uns die Geschichte so vieler Völker und Religionen. Sie glauben, wenn sie sich von etwas lösen, das ihnen wert und wichtig war, könnten sie dafür Freiheit oder einen Platz im Himmelreich erhalten. Zu allen Zeiten haben religiöse und weltanschauliche Institutionen mit dieser menschlichen Eigenschaft gerechnet und sie teilweise schamlos ausgenutzt, um sich Macht und Reichtum zu verschaffen, Macht über den Besitz des Einzelnen, Macht über sein Denken bis hin zur Macht über seine Seele und damit über das jenseitige Leben. Sie haben die Menschen glauben gemacht, wenn sie Opfer bringen, könnten sie damit die Freiheit von Schuld, von Abhängigkeit an materielle Werte eintauschen. Daß sich durch diese Art der Befreiung zumeist eine neue Abhängigkeit einstellt, merken wir nicht. Wie groß dieser Irrtum ist, zeigt uns die Geschichte ebenso wie die Gegenwart. Wir müssen einsehen lernen, daß wir dadurch nicht vor uns selbst und unserem falschen Denken davonlaufen können, daß wir keinerlei Freiheit gewinnen, wenn wir unser körperliches Leben reduzieren, das uns ja von der Schöpfung gegeben wurde. Unabhängigkeit ist der Weg!

Aber wir müssen uns darüber klar werden, was wir wirklich brauchen und nicht uns von Wirtschaft und Industrie sagen lassen, was wir zu brauchen haben. Nur durch unsere eigenen Entschlüsse, die auf unserem Denken an die heutigen Gegebenheiten und die Zukunft beruhen, machen wir uns wirklich frei. Wir sollten uns nicht immer wieder in neue Gefängnisse begeben durch Dogmen, die uns aufoktroyiert werden und uns im Grunde nichts mehr sagen, die uns die Freiheit des Denkens beschneiden. Denn wie kann man etwas glauben, das dem inneren Wissen entgegen steht! Und wieso hat ein Mensch eine Schuld auf sich geladen, wenn er etwas nicht glauben KANN? Glauben ist ja nicht von unserem Willen abhängig, kann nicht befohlen werden, sondern nur durch ständige Gehirnwäsche sind Menschen dazu zu bringen, etwas gewissermaßen »mit Gewalt« zu glauben.

Und wenn wir an die Wissenschaft denken: Wie oft schon wurden alle erarbeiteten Vorstellungen und Erkenntnisse als überholt und falsch wieder verworfen!!

Sogar durch Androhung von Strafen will man den Menschen irgendwelche Ideologien aufzwingen. Ist das nicht absurd? Wenn wir immer wieder davon hören, daß uns die Hölle oder das Fegefeuer drohen, weil wir z.B. die dogmatischen Regeln nicht annehmen können, werden wir uns zuletzt selbst vormachen, zu glauben, wenn auch mit schlechtem Gewissen und innerem Widerstand (auch das Gewissen ist ja manipulierbar!), um diesen Schrecknissen zu entgehen. Welchem denkenden Menschen stellen sich bei dieser Vorstellung nicht die Haare auf? Und woher kommt denn häufig die schreckliche Todesangst?

So unterwirft sich der Mensch einer anderen Macht, die ihn dann ebenso beherrscht. Im Falle Baghwan gibt es dann die Freiheit von

Baghwans Gnaden! Er hat begriffen, daß der suchende Mensch stets opferbereit ist, wenn es – wie er glaubt – um seine Freiheit geht. Daß er aber seine tatsächliche Freiheit, wie klein sie auch sei, nicht ertragen kann und geradezu dankbar ist, wenn er sich wieder unterordnen kann, wenn er jemanden gefunden hat, der ihm seine Entscheidung abnimmt, sein Leben zu gestalten, weil er selbst zu schwach ist, geht ihm nicht auf. Alle Kirchen und Religionen haben sich dieser Schwäche bedient. Denn es geht hier nicht um Berufe, Talente, Fähigkeiten, sondern um die Verantwortung, sein ureigenstes Ich, seine Seele zu erleben. Dabei gerät er unweigerlich ins Schwimmen, wenn er keinen festen Grund in sich selbst hat. Diese Unsicherheit haben sich politische Parteien, Weltanschauungen, Kirchen, Sekten und ähnliche Institutionen zunutze gemacht und den Menschen – meist zu ihrem Vorteil, denn nirgendwo kann man dazu gehören, ohne Beiträge, Steuern etc. zu entrichten, oder auch, sich einem System zu unterwerfen – zur Vergrößerung ihrer Macht (eben um des Menschen willen, wie sie vorgeben) wieder in ein neues Gefängnis, in neue Abhängigkeit, eingesperrt.

Vielleicht waren die Sklaven des Altertums im Grunde nicht viel unfreier, wenn sie einen guten Herrn hatten, als der Mensch unserer Tage, der vielfach mit der Freiheit des Denkens, mit einem positiven Leben in Freiheit, in der Verantwortung allen und allem gegenüber, nichts anfangen kann. Deshalb ist er im Innersten dankbar, wenn ihm diese so lästige Freiheit abgenommen wird, und auch bereit, Opfer dafür zu bringen.

Das sind mit die Gründe, die religiöse und politische Institutionen befähigen, sich über das Wohl der Allgemeinheit, über Menschenrechte, über die Gesetze der Natur hinwegzusetzen. Dem Menschen wird sogar glaubhaft vermittelt, daß alle Zerstörung, alle Gewalt, letztlich alle Lügen nur zu seinem Wohlergehen beitrügen, und die Redner sind gut geschult darin.

Der Mensch hat nicht begriffen, daß er ein Geschöpf Gottes ist, und daß er daher den Geist dieser Schöpfung in sich trägt. Ein Mensch, der nicht mehr durch Agitatoren aufzuhetzen ist, der nicht mehr vor der Hölle Angst hat, der nicht mehr durch Dogmen und politische Parolen manipulierbar ist, ist ein schlechter Untertan – ein schlechter Bürger. Er fängt an, glücklich zu sein, zufrieden, sich mit der Natur, mit den anderen Menschen zu freuen, ihm fehlt nichts mehr. Also kann man ihn auch nicht mehr ködern, für die eigenen Zwecke einspannen. So könnte z.B. einem Menschen einfallen, nach den Gesetzen der Natur zu leben, sich nicht mehr mit anderen herumzustreiten, niemandem mehr schaden zu wollen, anderen zu helfen, froh und heiter zu sein, nicht mehr ad infinitum »verbrauchen« zu wollen – wo kämen wir da hin? Wer würde die Unsummen von Steuern aufbringen, die die Regierenden, vor allem auch für sich, brauchen? Sollten wir es nicht wenigstens einmal ausprobieren? Könnte uns Toleranz nicht helfen, uns gegenseitig besser zu verstehen? Jeder Mensch ist ein eigenes Individuum, das es nur einmal gibt. Sollten wir nicht froh sein über diese Vielfalt, die großartigen Möglichkeiten, die sich daraus ergeben? Gerade die ungeheure Vielfalt macht doch das Leben interessant und lebenswert. Warum wollen wir eine Schafherde (nur Stimmvieh) sein, in der alle im gleichen Trott laufen, alle dieselben Gedanken denken und die gleichen Ideale oder Leithammel anbeten?

Warum sollen wir eine Abhängigkeit gegen eine andere eintauschen? Dabei wird zu leicht übersehen, daß wir uns wieder einer Macht unterwerfen, die uns dann auch beherrscht. Der Mensch ist sich des Geistes Gottes in sich nicht bewußt, er sieht nicht das Himmelreich in sich und wird daher auch immer wieder enttäuscht werden und neue Frustrationen erleben. So schwimmt er weiter im Ungewissen und versucht immer wieder auf neue Art, diesem zu entrinnen. Durch seine Unwissenheit zieht er Krankheit, Unfrieden, Mangel, Groll und allerlei destruktive Denkschemata auf sich und sucht den Grund hierfür außerhalb seiner selbst, in anderen Menschen, in den Umständen, im Wetter, seinem sogenannten Pech usw.

In Wahrheit haben wir unserem negativen oder positiven Denken Mißerfolg oder Erfolg zuzuschreiben. Nur die Freiheit, die uns dadurch zukommt, daß wir selbst entscheiden können, ob wir destruktiv oder konstruktiv, im Sinne der göttlichen Liebe und Harmonie oder entgegengesetzt denken, und dadurch entweder Frieden, Freude, Erfüllung oder Mißmut, Hader, Groll, Mangel und Krankheiten in unser Leben bringen, ist Freiheit. Geben wir uns nicht mit Surrogaten zufrieden, mit sogenannten Freiheiten, die uns von irgendwelchen Ideologien versprochen werden oder von Menschen, die unsere innere Unsicherheit mit allerlei Versprechungen ködern wollen. Denken wir an unseren göttlichen Ursprung, an die wunderbare Schöpfung in und um uns. Dann gibt es keine Macht, die stärker ist als die unseres Unterbewußtseins (Gott oder das Himmelreich in uns!). Alles, was hier nicht dazu paßt, ist nicht Gott!

Wie unendlich viel Arbeit, Enthusiasmus und Aufopferung wurde schon an die »Erlösung« der Menschheit gewandt und doch ist das Erreichte gering. Nun reden wir – allerdings bereits seit Jahren – von der Rücksicht auf Natur und Umwelt, von Vermeidung schädlicher Stoffe und Verfahren – und wo sind wir? Zutiefst im Sumpf des »Gelddenkens«, des Wirtschaftsdenkens, des Mehr-Denkens. Dieser Sumpf wird uns bald verschlingen (Atom-Skandal in USA, der UdSSR, England, BRD, Vergiftung von Luft und Wasser, Mangel an Trinkwasser, Vernichtung des Bodens, Abholzen von Regenwald etc.). Sehen wir uns doch einmal die Welt an:

WAS HABEN WIR ZUSTANDE GEBRACHT ???

Wir beklagen z.B., daß die Singvögel immer weniger werden, daß die Artenvielfalt rückläufig ist, sowohl durch unsere Eingriffe in die Natur als auch durch die sündhafte Unsitte einiger Völker, diese kleinen Vögel auf ihrem Weg in den Süden zu fangen, um sie aufzufressen. Doch der Tourismus schert sich nicht darum. Wenn es keine Vögel mehr gibt – ich kann auch ohne Vögel leben, sagt die Katze, mein Herr gibt mir Futter. Daß durch eben diese Vögel, die Schädlinge in Massen vernichten, die Gifte in der Landwirtschaft verringert werden könnten, steht in diesen Ländern nicht zur Debatte. Im Mittelmeerraum vermehren sich die Sandfliegen, die schwere Krankheiten verursachen können. Hier könnte dankbar der kleinen Vögel, die Abhilfe schaffen, gedacht werden. Warum nur denken wir hier nicht weiter?

Ein Beispiel haben wir in der Landwirtschaft. Durch die materialistische Einstellung haben wir unglaublich viel verdorben. Die Flurbereinigung hatte unsere Hecken wegrationalisiert, Bäume, die den Vögeln und anderen Tieren Schutz boten, gefällt, Teiche zugeschüttet, Bäche begradigt etc. – für Maschinen-gerechte Felder. (Wir erstrebten sogar »autogerechte« Städte!!) Zum Glück hat man hier viele Fehler eingesehen. Den Bauern wurden von der Chemie allerlei Düngemittel, Schädlingsbekämpfungsmittel, Herbizide, Pestizide usw. empfohlen, um die Erträge zu steigern, die uns heute teilweise als Überschuß belasten und zur Verseuchung von Grundwasser und Vernichtung von Kleinstlebewesen, Schmetterlingen und Vögeln beitragen. Und die immer mehr ansteigenden Anfälligkeiten, Allergien und Krankheiten werden nicht zuletzt auch durch unsere Unachtsamkeit im Umgang mit dieser chemischen Keule gefördert und das gesamte Gesundheitssystem belastet. Woher kommen denn z.B. die immer mehr zunehmenden Allergien? Mit großen Eifer arbeiten wir an der Vernichtung unserer Existenzgrundlage weiter.

Es gibt tatsächlich Ignoranten, die glauben, sie bräuchten keine Vögel, ohne daran zu denken, daß für die Natur auch der Mensch höchst überflüssig ist.

Bedenken wir die Zerstörung unserer Atmosphäre. Nicht nur die Autos sind schuld, oder die FCKWs, sondern auch die Flugzeuge, die Satellitenstarts, die riesigen Rinderherden, die Fabriken und vieles mehr. Doch die meisten dieser zerstörenden Dinge halten wir für unverzichtbar. Aber wie wollen wir denn dann unseren Lebensraum schützen – vor uns selbst?? Sicher laufen Versuche, alle Übel einzudämmen, es scheint jedoch bereits zu spät zu sein, denn unsere Bemühungen sind halbherzig, schwach, abhängig vom Geld, von unserem »guten« Willen, der vielfach fehlt. Es geht nicht mehr anders: Es müssen alle nur möglichen Kräfte energisch gebündelt eingesetzt werden, um die Katastrophe noch aufzuhalten. Es ist erstaunlich, mit welcher Ignoranz alle so dringend nötigen Maßnahmen immer wieder aufgeschoben werden, obwohl wir bereits am Rande des Abgrundes stehen. Sind wir schizophren, daß wir immer und immer wieder Geld aufbringen, um das drohende Unheil noch zu vergrößern, daß wir weiter die Natur in bedrohlicher Weise »vermarkten«, die Tiere mißhandeln, immer nur in kleinen Räumen etwas Ordnung schaffen, wirkliche Verbesserungen aufschieben – es ist nicht zu glauben, mit welcher Kaltblütigkeit wir dem Untergang entgegensehen.

Ist denn nicht heute bereits alles »verplant«? Das ganze Leben läuft nach der Uhr, nach Plänen und frustrierenden Schemen ab. Wir merken es nicht mehr, daß wir nur noch funktionieren. Selbst die so köstliche Freizeit, die länger und länger wird, wird durch die Industrie vereinnahmt, ohne daß es uns richtig bewußt wird. Wir haben uns so sehr an das »Kaufen« gewöhnt, daß wir es gar nicht merken, wie wir hier von der Wirtschaft gesteuert werden. Niemand will doch auf etwas verzichten, obwohl nicht mehr zu übersehen ist, daß alles nur auf die Zerstörung der Natur hinausläuft. LEBENSQUALITÄT nennen wir das, und es ist uns ungeheuer wichtig – ohne Rücksicht auf das Leben. Eigentlich ein Paradoxon. Warum fehlt uns hier die Logik?

Liegt es wieder einmal am Egoismus, an dem großen Übel aller Zeiten? Bringen wir nicht Unsummen auf für politische Parolen, für häufig nutzlose Debatten, für überflüssige Reisen, für völlig unnötige Planungen und Versuche, die zu nichts führen, was von vornherein absehbar war? Warum wenden wir nicht unseren Verstand an, um vorher genau zu überlegen, was nützlich oder schädlich für das Ganze ist? Wieso lassen wir uns durch die so lästige Langeweile, die wir nicht ertragen zu können glauben, derart steuern? Wieso haben wir denn Langeweile?? Vielleicht denken wir einmal genau drüber nach. ES LOHNT SICH !!

Und wir haben keine Zeit!! Chronos frißt seine Kinder. Aber wir haben keine Zeit mehr, weiterzuwursteln wie bisher! Wir müssen uns dessen bewußt werden, daß wir Zeit brauchen für die Stille, für die Natur, für die Schöpfung. Es geht nicht an, daß alles nur so an uns vorbeirauscht. Wir haben ein eklatantes Beispiel an den TV-Sendungen. Warum muß neben den wunderbaren Bildern ferner Länder, großartiger Landschaften etc. laute Musik laufen, die auch noch »nach Bedarf« lauter und leiser wird, so daß man ständig die Lautstärke nachstellen muß. Haben wir verlernt, zu sehen, wirklich zu sehen, etwas in uns aufzunehmen? Lassen wir einfach alles nur so »laufen«?

Kann nicht eine leise, begleitende Melodie viel wirksamer sein und das Erleben des Sehens, der Vertiefung in das Bild, verstärken? Warum hasten wir immer mit der Zeit, warum nehmen wir uns nicht Muße zum Sehen und Erleben? Ach, arm sind wir geworden, sehr arm. Wir leben in einer Zeit, in der alles immer noch schneller und schneller gehen muß: Das Reisen, das Arbeiten, das Erleben der Freizeit, immerzu hasten wir. Wozu? Alles nur, um die Lebensqualität zu steigern, alles, um besser und schöner zu leben? Wie dumm sind wir eigentlich? Diese Dummheit wird uns noch teuer zu stehen kommen. Denn bei aller Hetze nach Mehr wird es immer einsamer in uns werden, und mit unserem Lärm, den wir zuweilen auch Musik nennen, versuchen wir, diese Einsamkeit zu verscheuchen. Doch sie wird uns immer wieder einholen, früher oder später, und dann stehen wir vor einem seelischen Scherbenhaufen, von dem wir uns heute noch keine Vorstellung machen können und den keine Müllentsorgung beseitigen kann.

Es hat keinen Sinn, der Unzufriedenheit mit dem jetzigen Zustand durch Attentate, Gewalt, Zerstörung, Lügen und Verbrechen zu begegnen. Sie bringen keinen Wandel in den Köpfen der Menschen zustande, sondern nur die Bestätigung, daß Gewalt immer nur wieder Gewalt erzeugt. Und damit werden die alten Zustände nicht geändert, sondern zementiert. Die berechtigte Unzufriedenheit muß zu einem völlig neuen Denken führen.

Von der Jugend müssen die Impulse kommen, die aus diesem Sumpf herausführen, die alten Denkschemata sind nur hinderlich. In der Jugend steckt die Kraft, neu zu beginnen, einen hoffnungsvollen Weg in die Zukunft zu finden, in der es sich wieder lohnt, zu leben. Alle Politiker, die sich diesem neuen Denken widersetzen, müssen ihren Hut nehmen, und zwar ohne Riesenpensionen und Reichtümer, die zum Bau der neuen Welt viel nötiger sind. Welcher Politiker wird sich anstrengen, der Menschheit selbstlos zu helfen, wenn er nur in seiner Komfortvilla auf seine schöne Pension zu warten braucht? IDEALISTEN brauchen wir, und zwar solche, die tiefe Erkenntnisse haben, die sie zu den notwendigen Taten befähigen.

Warum können wir nicht grundsätzlich damit beginnen, wieder reine Lebensmittel zu erzeugen? Da wir ohnehin von allem übergenug haben, wäre weniger und besser durchaus erstrebenswert. Reden wir nicht von der EU. Wir haben doch die Möglichkeit, die Waren zu kennzeichnen und es dann dem Käufer zu überlassen, wie weit und mit was er sich vergiften will. Der Unfug würde ganz von alleine aufhören, denn wir haben doch die »Freie Marktwirtschaft«! Ist es da nicht möglich, uns richtig und ehrlich zu informieren, um gezielt zu kaufen und bewußt zu leben?? Doch es genügt nicht, das Lebensmittelkonzept zu ändern! Umdenken müssen wir, völlig und total. Wenden müssen wir uns von dem

41

Verbraucher-Denken in das Lebens-Denken. Und wir müssen nicht die Wirtschaft ruinieren, die Landwirtschaft und die Konsumwirtschaft. Wir brauchen auch nicht mehr Arbeitslose dadurch zu bekommen, wir müssen andere Konzepte aufstellen. Wozu brauchen wir so viel Plunder, unnötiges Zeug? Können wir nicht damit beginnen, wirklich Qualität zu erzeugen? Das ist zwar viel mühsamer und aufwändiger, doch die Natur wird geschont, viele Leute werden dazu nötig sein, und die »superbilligen« Dinge werden weniger werden, dagegen teurere, haltbarere und schönere hergestellt werden.

Bisher sind wir in vielen Bereichen unfähig, auf das notwendige Ziel zuzugehen. Wenn wir z.B. an das Waldsterben denken, müssen wir hier einen eklatanten Beweis für unsere Unfähigkeit erkennen. Wieviel Geld wurde schon aufgebracht, wieviel Idealismus von jungen und älteren Leuten, um neue Bäumchen zu pflanzen, um dem Bergwald wieder Leben zu bringen, um seine Schutzfunktion zu erneuern. Und im nächsten oder übernächsten Jahr stellen wir fest, daß fast alles wieder aufgefressen wurde (was wir doch eigentlich nicht anders erwartet hatten !!). Hier zeigt sich abermals die ganze Doppelbödigkeit unseres Denkens und Strebens. Entweder wir wollen den Wald und damit auch Sicherheit der Dörfer und Menschen, oder wir wollen das Wild in solchen Mengen, dann sollten wir es unterlassen, neue Bäume zu pflanzen und die Berge mit Beton und Stahlzäunen weiter verschandeln. Hier wäre ein wenig Logik billiger. Und hat nicht der Steuerzahler ein Recht darauf, daß man sich vorher überlegt, wofür man seine Steuergelder verschleudert? Sollten wir nicht in Zukunft bereits etwas unternehmen, wenn sich Irrtümer abzeichnen? Wozu wollen wir erst jahrelang sogenannte Beweise sammeln? Was für ein Unsinn!

Wie engstirnig und borniert Politiker sein können, sehen wir auch daran, daß sie nicht begreifen wollen, wie unglaublich ignorant es ist, bei all den vorhandenen und noch zu erwartenden Schäden immer wieder und wieder Untersuchungen und Erforschungen einzuleiten, als ob wir nicht inzwischen in vielen Fällen genau wüßten, wie schlimm es schon ist, und ein Handeln weiter vor sich herzuschieben ist dann ganz im Sinne des unsinnigen Wachstumswahns. Wenn wir wissen, daß die bereits verursachten Schäden uns noch Jahrzehnte oder länger erhalten bleiben, warum sollen wir sie dann ad infinitum vermehren, nur um irgendwelche fragwürdigen Ergebnisse abzuwarten, die vielleicht erst dann vorliegen, wenn es zu spät ist?

Wir alle wissen, daß es bereits allerhöchste Zeit ist für eine noch erfolgreiche Regeneration auf vielen Gebieten und machen doch in unserer Trägheit brav im alten Stil weiter. »Es wird schon nicht so schlimm werden!« Ist das Dummheit oder Gleichgültigkeit oder Gemeinheit, Bosheit? Stellen wir uns auf den Standpunkt: Hauptsache, alles funktioniert noch, solange ich lebe? Oder ist es tatsächlich der so effektive Tanz um das Goldene Kalb? Oder Prestigedenken gewisser Kreise?

Ein Beispiel hatten wir bei der dioxinverseuchten Milch. Sie sollte in Holland zur Fütterung der Kälber verwendet werden – frißt die dann der böse Wolf ??

Es wird schwer werden, sehr schwer, da alles, einfach alles, neu überdacht werden muß!
Angefangen bei den Schädlichkeiten unserer Produkte bis hin zu den Machenschaften von Politik und Wirtschaft. Die Jugend wird sich anstrengen müssen, und ich glaube, sie wird viel Freude und Erfüllung dabei haben. – UND KEINE LANGEWEILE – Und ich glaube auch, daß die »Alten« durchaus an dieser Freude teilhaben und sich engagieren werden. Ich glaube, daß es eine neue Art von Leben geben wird. Ist das nicht eine fabelhafte Aussicht?

Wir klagen über die Flut von Unrat und Müll, z.B. von Altpapier. Und doch quillt der Briefkasten über von Reklame und Prospekten, die in den meisten Fällen gleich wieder weggeworfen werden – und die Kosten für all dieses überflüssige Material zahlen wir. So ringelt sich der Kreislauf des Unsinns – wie in vielen anderen Fällen – immerzu um sich selbst.

Große Beachtung findet die »Klimakatastrophe« und das »Ozonloch«. Über die Gründe dafür gibt es, je nach Standpunkt, eine Unzahl von Ursachen und Vermutungen. Wir wissen, daß Autoabgase einen großen Teil beitragen, doch auch Flugzeuge, Satellitenstarts, Kraftwerke etc. sind mitverantwortlich. Spraydosen mit FCKW kann man verbieten, aber Flugzeuge, Raumstationen, Raumraketen, Autos sind notwendig, wir können uns ein Leben ohne sie nicht mehr vorstellen. Daß durch die Riesenherden von Rindern Methan in die Atmosphäre gelangt, wissen wir inzwischen. Aber wir sind Fleischfresser, daher ist auch hier nicht viel zu erwarten, aber wir haben nun das BSE! Ist das ein Weg? Müssen wir durch derartige Unglücksfälle auf einen neuen Weg gebracht werden? Erweist sich nicht oft der »Fortschritt« als ein Schritt fort vom Leben, fort von unserer Einheit mit dem Leben, mit der Natur, fort vom Glück?? Es gibt ja keinen Baum, der unaufhörlich wächst, jeder hat seine Grenze. Nur der Mensch glaubt, sich auf immer »MEHR« einstellen zu dürfen, zu müssen. Auffressen wird ihn dieses sein augenblickliches Konzept! Seine Gesundheit wird verloren gehen, und keine Medizin oder Gen-Manipulation wird ihn retten. Sein Glück wird zerstört oder verhindert werden, keine Freude wird ihm bleiben, nur eine unglaubliche Langeweile, eine große Mutlosigkeit, deren er sich nicht mehr erwehren kann. Auch all seine so großartigen Unternehmungen, seine Feste, nichts wird ihm helfen. Vielleicht gibt ihm die Religion ein Zuckerl, daß es im Jenseits möglicherweise besser wird. Doch auch hier werden die Zweifel immer größer. Glauben wir halt wenigstens daran! Ob es uns weiterhelfen wird, wage ich zu bezweifeln.

Aber wir leben jetzt und hier. Es ist höchst unwahrscheinlich, daß die gesamte Schöpfung, und vor allem der Mensch, nur zu dem Zweck auf Erden sei, um nutzlos wieder zu verschwinden. Dieser Gedanke ist einfach absurd. Wozu hat sich denn die Natur diese große Mühe gemacht, uns ein Bewußtsein mitzugeben, wenn uns nur bewußt werden soll, daß wir hier völlig überflüssig sind. Bei den Religionen ist es wie in der Politik: Alles, was unbequem ist, wird einfach gestrichen. Nur was zur eigenen Macht beiträgt, was die Institution stärkt und ihren Vertretern das Leben angenehm macht, wird beibehalten. Der Untertan wird schon nicht dahinter kommen, wie alles zusammenhängt. Die Dummheit ist eine teure Angelegenheit. Jeder zahlt fleißig an der Reparatur der Sünden der Vergangenheit mit, und weil das so ist, kann man ruhig so fortfahren. Viel reden, große Konzepte vorlegen, sich ehren und loben lassen – und dann bleibt alles, wie es immer war.

Mit großer Ausdauer werden diejenigen Sünden zusammengesucht, für die man vor allem den Endverbraucher verantwortlich machen kann, während »unbedingt nötige« Schadquellen, wie in der Industrie, Wirtschaft, Chemie, Gentechnologie, AKWs etc. am liebsten außer Betracht bleiben. So erfahren wir häufig nicht die Wahrheit. Um etwas Unverantwortliches zu sanktionieren, muß man eben die Information ändern. Papier ist geduldig, und der Bürger ist beruhigt.

DOCH SO GEHT ES NICHT MEHR !

Wir rennen stets im Kreis wie die Ochsen. Einerseits wollen wir die Zerstörung der Erde eindämmen, andererseits müssen Arbeitsplätze erhalten bleiben, nicht nur allein wegen der Menschen, die dann in Not sind, sondern zur Vermeidung von Unruhen, vor denen sich alle Politiker fürchten. Das Thema »Arbeitsplätze« kann man überall da verwenden, wo es um Schädigung in irgendwelcher Form geht. Ob wir Gifte in den Boden geben, das Wasser und die Luft verpesten, oder ob wir unsere giftigen chemischen

Erzeugnisse in die Dritte Welt verkaufen, oder chemische Waffen, ob wir den Flugverkehr verstärken oder immer mehr und schnellere Autos sich auf unseren Straßen drängen, immer können wir uns darauf berufen, daß die Arbeitsplätze erhalten werden müssen, koste es, was es wolle.

Müssen denn die Arbeitsplätze durch die Automation, die Zuwanderung von Asylanten, Aussiedlern usw. nicht ohnehin weniger werden? Und wir wollen doch, daß die materielle Arbeit abnimmt, daß die Roboter und Maschinen diesen Streß übernehmen. Hier müssen wir uns schon ein neues Konzept einfallen lassen, denken wir an die Ideen des »Club of Rome«. Es gibt eine Reihe von Entwürfen, die zu entwickeln wären und zum Teil auch einen Ausweg aus der Misere schaffen können.

Unsere Industrie hat uns Wohlstand beschert – gut so. Doch, wenn wir diesen Wohlstand zur Mißachtung des Geistes, zur Negierung der adäquaten Lebensbedingungen aller Geschöpfe, benutzen, wird uns diese Ignoranz zweifelsfrei den wohlverdienten Untergang bescheren. Immer wieder erleben wir, auf welch unwürdige Weise wir uns herausnehmen, unsere Mitgeschöpfe wie Hühner, Schweine, Rinder etc. zu behandeln und zu »vermarkten«. (Ist nicht »Vermarkten« ein Unwort??) Denn es besteht nicht der geringste Zweifel daran, daß z.B. die Massentierhaltung eine bodenlose Qual für die armen Tiere darstellt. Wenn wir, z.B. Hühnchen, von den wir gesehen haben, wie sie sich vor Aggression und Frust in der Enge die Federn ausreißen, sich halb tot hacken und anschließend z.T. mehr lebendig als tot, in den Schlachthäusern gebrüht und gerupft werden, mit Appetit verzehren, dann stimmt hier etwas nicht, dann muß man sich ernsthaft fragen, wo wir hier bei den Menschen, der »Krone der Schöpfung«, noch Hoffnung auf Entwicklung zu einem Lebewesen haben können, das es auch wert ist, mit dem Attribut »sapiens« bedacht zu werden und am Weiterleben der Welt teilzuhaben.

Die Politik ist ein unschönes Geschäft. Nirgendwo wird mehr gelogen, mehr getäuscht, mehr gegen die Freiheit Einzelner gesündigt, kurz mehr Unsinn zustande gebracht als hier. Und wir müssen es sogar verstehen. Mann soll es allen recht machen, obwohl oft das Interesse einzelner Institutionen gegen das anderer steht. Es soll allen wohl ergehen, die Natur und die Tiere sollen zu ihrem Recht kommen, die Parteigenossen muß man pflegen, das Ausland meldet Wünsche und Ansprüche an, kurz, die Politik wird durch die verschiedensten Anforderungen hierhin und dahin gezogen, und welcher Regierende weiß schon, was für ihn und seine Schäflein im Augenblick wichtiger ist. Aber daß der Wohlstand nicht das Maß aller Dinge ist, haben wir wohl inzwischen selbst begriffen. Er hat ja nur dann Sinn, wenn er nicht auf Kosten der Natur geht, wenn wirklich keiner mehr Not leidet im Lande, weder die Alten, noch die Behinderten und Kranken und auch die Kinder, wenn sich alle ihres Lebens freuen können bzw. menschenwürdig für sie gesorgt ist. Auch die Alten und Kranken haben ja gearbeitet, Steuern bezahlt, mitgeholfen, das Große und Ganze am Laufen zu halten. Sorgfältig muß mit diesen Geldern umgegangen werden. Sie dürfen nicht zweckentfremdet ausgegeben werden. Und es geht nicht an, die Steuerzahler durch Verschleudern der Gelder in Bedrängnis zu bringen.

Jeder Manager, jeder Firmeninhaber, muß sich darum kümmern, daß er sein Unternehmen so leitet, daß es ausbalanciert ist und keinen Schaden leidet durch Mißwirtschaft. Sicher, einen Staat zu führen, ist weitaus schwieriger, aber dafür bezahlen wir ja ein Riesenheer von Ministern und Beratern. Und auch ein Staat kann abgewirtschaftet werden, wenn die Gelder den falschen Weg gehen. Dies ist ein Kapitel für sich und ein näheres Eingehen auf diese Problematik würde hier zu weit führen, und es gibt auch genügend einschlägige Literatur dazu. Deshalb wollen wir dieses Thema hier außen vor lassen.

Wenn uns etwas ständig vorgebetet wird, sollten wir doppelt wachsam sein, dann stimmt etwas nicht, dann müssen wir nachforschen. Logische Vorgänge brauchen nicht ständig wiederholt zu werden, um wahr zu werden. Und Lügen werden durch stetes Wiederholen nicht wahrer. Hier müssen wir kritisch prüfen, wie sich die Sache verhält. Von einer Regierung erwarten wir, daß sie uns über alle relevanten Dinge informiert und nicht nur über ihre Erfolge. Denken wir nur daran, wie mit den Schäden durch Kernkraftwerke umgegangen wurde. Unmittelbar nach der Katastrophe von Tschernobyl, als bereits weite Strecken unseres Landes kontaminiert waren, haben die Kinder noch in den Sandkästen gespielt, und die Wiesen und Felder waren von der Strahlung überzogen. Warum waren wir nicht besser auf derartige Ereignisse vorbereitet, die doch nicht mehr auszuschließen waren? Sollten wir uns nicht überlegen, was alles passieren kann und wie man auf unerwartete Schäden reagiert? Angesichts der steigenden Katastrophen wäre hier vielleicht ein Katastrophenplan neu zu überdenken. Denn wo wollen wir denn leben, wenn nicht in dieser unserer so kleinen Welt? In den Erdbebengebieten versucht man auch, sich vorzubereiten.

Die Segnungen des Fortschritts, der Automatisierung, dürfen sich nicht zum Fluch verwandeln. Wir stehen mehr denn je unter Zwang. Nicht wir bestimmen, wie wir leben wollen, uns wird eifrig suggeriert, wie wir leben sollen, wie wir unsere Zeit zu »verbrauchen«, zu gestalten haben, mit möglichst großem Aufwand. Dabei bedenken wir kaum, was wir mit diesem Verbrauchen eigentlich anrichten. Ein ungeheurer Verschleiß der vorhandenen Rohstoffquellen ist doch die Folge. Mit unserem System der Wiederverwertung sind wir noch nicht sehr weit gekommen, denn immer noch belasten Riesenberge von Müll die Natur. Wir haben begonnen, uns Verfahren in der Natur anzusehen, wie wunderbar hier die Wiedereingliederung von unbrauchbar gewordenen Dingen vor sich geht. Hier werden wir noch viel zu lernen haben. Aber wir wären weiter, wenn wir erst einmal lernen würden, die

Quellen der Rohstoffe besser zu schonen. Und unseren Konsum einzuschränken.

Wie stolz sind wir auf unsere großartigen Errungenschaften! Sicher, in jeder Hinsicht haben wir Fortschritte erzielt. Doch bei näherem Zusehen steckt in diesen Fortschritten ein eklatanter Mangel. Unsere freie Marktwirtschaft gründet sich ja auf den Wettbewerb. Sie ist abhängig von stetem Wachstum, sie dehnt sich aus in alle Richtungen und überdeckt vielfach sehr gesunde und erfolgversprechende Entwicklungen. Und sie hat einen ständig wachsenden Bedarf zur Grundlage. Die ungeheuren Abfallberge zeigen uns die Richtung, in die wir unbesonnen weiter gehen. Aber wir können die Erde nicht vergrößern, selbst wenn es so viele Menschen gibt, daß nur noch Stehplätze vorhanden sind. Diese Art Wirtschaft verursacht durch die ansteigende Konkurrenz ein Wettrennen um Abnehmer, aber auch eine fortschreitende Entwicklung von Automation und damit eine Verringerung der menschlichen Arbeit.

Doch wir müssen ein neues Konzept aufstellen, eine neue Strategie, die uns hilft, mit all den neuen Anforderungen, die sich aus dieser Art Marktwirtschaft ergeben, zurecht zu kommen. Jeder Zweig unserer Wirtschaft hat ein Eigenleben und macht seine Ansprüche geltend. Z.B. die Chemie entwickelt weiter Gifte und Fremdstoffe, die das Leben belasten, die aber auch hilfreich sein können. Hier sind unsere Entscheidungen gefragt. Was soll gefördert und was muß eingestellt werden?

Schargoff hat gesagt: »Alles, was den Wissenschaften Geld bringt, wird auch gemacht. Es wird Zeit, daß das Geld, das alle Menschen unter seinem Joch hat, seine Macht verliert.«

Es hat deshalb keinen Zweck, nur auf das Bankkonto zu schielen und auf die immer raffiniertere Technik, die unser Leben erleichtern, aber nicht zerstören soll. Es hat keinen Sinn, sich an sogenannte Bequemlichkeiten zu klammern, an denen wir bei lebendigem Leibe umkommen. In der Natur haben wir ein vollkommenes System vor Augen, und auch wir werden »weiterverwertet«. Denn ohne das geht es nicht. Wir haben die Grenzen des für die Natur Erträglichen längst überschritten und nur noch eine kurze Gnadenfrist, um uns schnell noch zu besinnen. Aber wir sind träge, schwach, schamlos – wir werden es vielleicht nicht mehr schaffen.

Welche Unmenge wunderbarer Erfindungen haben wir gemacht, wie fabelhaft haben wir uns eingerichtet. Wie großartig sind die Kulturen der einzelnen Völker und Länder beschaffen! Ist es nicht herrlich, wie wir nun leben können?

Aber wir haben eine Menge Fehler gemacht. Vieles ist falsch gelaufen und hat uns nicht nur Fortschritt und Erleichterung gebracht, sondern neue Gefahren, mit denen wir leben und von denen wir uns nach Möglichkeit wieder befreien müssen. Welche Vorteile hat uns die Atomwissenschaft gebracht, die Chemie, die Pharmazie, um nur einige zu nennen. Und wie viele neue Freuden durch Sport und Spiel, Musik, Literatur, Kunst stehen uns offen. Ungeheuer reich ist unser Leben geworden, doch nun ist es an der Zeit, alles Erworbene genau zu betrachten. Wir müssen uns klar werden darüber, was nützt, nicht nur uns, sondern der gesamten Natur in all ihrer Vielfalt. Viele der schädlichen Stoffe, die wir in die Natur integriert haben, müssen wir wieder entfernen, Gifte beseitigen, die unsere Gesundheit und das Gleichgewicht der Natur belasten. Es ist an der Zeit, eine Bilanz zu ziehen – weltweit. Viel zu lange und unbekümmert haben wir den Fortschritt angebetet und nur nach MEHR und MEHR geschielt, ohne die Konsequenzen zu bedenken, die uns unbedingt einholen werden.

Wie ungeheuer stolz sind wir auf all die Errungenschaften, und es ist wirklich fabelhaft, was wir so alles geschaffen haben. Aber nun kommt eine Zeit auf uns zu, in der wir nicht im alten Stil weitermachen können, ohne uns und unsere Nachkommen in ernste Gefahren zu bringen, und da müssen wir gründlich Bilanz ziehen.

Haben wir uns einmal Gedanken darüber gemacht, wie unser Leben in der Realität aussieht? Wir glauben, das Gefüge der Natur, die Gesetzes des Lebens, die Funktion des Bewußtseins, unsere so wunderbare Technik – alles glauben wir beherrschen zu können. Ist das denn wirklich so? Es geht doch um jeden Einzelnen von uns, keiner kann sich ausschließen, jeder ist gefordert, und das Weiterbestehen des Lebens auf dieser Erde hängt von uns allen ab. Sind wir ein Lebewesen, das erhaltenswert im Sinne der Evolution ist? Danach müssen wir zu allererst fragen.

Was haben wir erreicht? In unserem eigenen Lebensbereich, in der Familie, bei den Mitmenschen, das so besonders gut wäre? Sind wir nicht einer unter Millionen, ein Sandkorn, eine Ameise? Machen wir unsere Arbeit freudiger, besser als andere? Leben wir bewußter und umwelt- sowie menschenverträglicher als andere – oder werden wir gelebt, wie die große Masse auch? Haben wir mehr Harmonie um uns geschaffen? Streiten wir nicht auch über Kleinigkeiten, ärgern wir uns nicht über jede Bagatelle, hängen wir nicht an der vermeintlichen Ehre, an Anerkennung, sei es von wem auch immer? Hängen wir nicht am Luxus, an unserem guten oder bösen Willen, wie die meisten anderen auch? Denken wir nicht ebenso im Kreis um uns selbst, ewig im Kreis um unser so liebes Selbst, ewig die gleichen Gedanken und Ideen, die genauso kleinlich und dürftig sind wie wir selbst? Tut uns nicht ein Lob auch von einem uns widerwärtigen Menschen gut? Wenn wir nur gelobt werden, ist uns das nicht so wichtig, woher es kommt. Wen finden wir denn gut? Die Politiker, die Fußballer, die Lehrer der Religion? Sind nicht dies alles nur Randerscheinungen des Lebens?

Wenn wir beweisen wollen, wer wir im Besonderen sind, müssen wir uns schon aus der Masse positiv hervorheben, und zwar grundlegend. Untaten, Schwindeleien, Betrügereien, Lügen, Ellbogenmentalität – davon gibt es mehr als genug. Aber zeigt es uns nicht nur unsere Armseligkeit, wenn wir für negative Gedanken und Taten noch auf Anerkennung ebenso armseliger Leute hoffen, wie wir selbst es sind? Das kann nicht der Weg sein, sich zu profilieren und Selbstachtung zu gewinnen.

Wenn wir uns z.B. einen alten Film ansehen, bemerken wir, wie schnell sich unser menschliches Tun überholt, wie es veraltet, uninteressant wird. In der Natur gibt es nichts Altes, nichts, das unansehnlich wird. Aber die Natur hatte Jahrmillionen Zeit für ihre Entwicklung. Der menschliche Geist strebt nach Weiterentwicklung, und jedes Individuum weiß, daß seine Zeit kurz bemessen ist. Deshalb müssen wir gemeinsam den neuen Weg in die Zukunft suchen, der alte Weg führt nicht in das Licht, wir werden so gründlich in die Irre gehen, daß wir nicht mehr zurück können.

SO GEHT ES NICHT MEHR !!!!

KRIEG – *Die absurdeste Erfindung der Menschheit*

Von Maxim Gorki wird berichtet, daß er während des 1. Weltkrieges äußerte (Henri Trojat: Gorki): Die Presse muß unbedingt den Leuten einprägen, daß jeder Krieg – mit Ausnahme des Krieges gegen die Dummheit – ein Unglück ist, das nur mit der Cholera vergleichbar ist. Und: ... Was bedeuten schon Gebiete? Nur das Glück des Menschen zählt.

Martin Luther King sagte einmal: »Gemeinsam müssen wir lernen, als Brüder zu leben, oder wir werden gemeinsam gezwungen sein, als Dummköpfe zu sterben.«

Ein Blick in die Geschichte wird uns mühelos davon überzeugen, wie nutzlos jeder Krieg letztendlich war. Hat je eine gewaltsam gezogene Grenze Bestand gehabt, ohne z.B. neue Gründe für Auseinandersetzungen zu liefern? Hat je ein Krieg Glück geschaffen für die Menschen, die überlebt haben? Allerdings, die Waffenhändler sind dick davon geworden. Werden Kriege um dieses Zieles willen geführt? Könnte das sein?? Spekulanten können davon profitieren, Strategen Ruhm und Orden gewinnen. Den Siegern wird vor Augen geführt, welch fabelhafte Resultate sie für ihr Volk erzielt haben, während die Besiegten ihre Rachegelüste nähren und überlegen, wie sie alle an ihnen begangenen Schändlichkeiten bei Gelegenheit wieder heimzahlen können. Durch Gewalt bewirkte Errungenschaften sind über kurz oder lang wieder zerronnen. Nur Not, Elend, Zerstörung, Verstümmelung, unendliche Trauer haben die Kriege mit sich gebracht.

Kriege sind ebenso absurd wie die Blutrache, nur daß an Stelle von Familien-Clans ganze Völkerschaften vernichtet werden. Gewalt erzeugt immer nur wieder neue Gewalt, das scheint ein Naturgesetz zu sein, von dem uns nur die Religionen oder eine adäquate Anschauung befreien können. Das sollten wir endlich einsehen.

Im Grunde ist jeder Krieg ein Bruderkrieg, weil doch alle Menschen Brüder sind.

Wie schwer es ist, diesen Gedanken zu realisieren, zeigen die Revolutionen. Brüderlichkeit gehört zu einem ihrer Leitmotive, sie wollten die Gleichheit der Menschen erreichen. Aber sie verstanden diese »Brüderlichkeit« nur als Gesetz für ihre Anhänger. Gegner bzw. Andersdenkende gehörten nicht zu den »Brüdern«, sie wurden bekämpft, eingesperrt, vernichtet. Und so bleibt doch alles bei dem persönlichen oder völkischen Egoismus, alles, wie es war, nichts ist besser geworden.

Ist das anders in den Religionen? Sollten sie nicht hier besonders darauf sehen, die Brüderlichkeit zu fördern? Besteht nicht der tiefere Sinn der Religionen darin, das Verhältnis der Menschen zueinander harmonisch zu gestalten? In der christlichen Kirche spricht man viel und gerne von »Brüdern« und »Schwestern«, in der Praxis aber gilt das leider nur sehr eingeschränkt. Und so entstand immer wieder neuer Zwist, neuer Haß und zuletzt Kriege, die auch den letzten Schimmer von Brüderlichkeit untergehen ließen. Freundschaften, Glück, Hoffnung – alles wurde zerstört. Jeder Krieg ist ein Moloch, eine Katastrophe. Oder was gilt z.B. die Brüderlichkeit des Christentums in Irland? Wird sie nicht gerade von Christen ad absurdum geführt? Sind dort die Menschen zwar Christen, aber keine Brüder? Oder sind sie auch keine Christen, denn das Christentum ist doch die Lehre von der Nächstenliebe?! Und haben nicht schon immer Christen verschiedener Auffassungen einander bekämpft?? Wie sollten sie da ein Beispiel sein und als Vorbild für das Leben der Menschen dienen?

Die »Hüter der Lehre Jesu« hatten in früheren Zeiten bereits den Urgrund des christlichen Gedankens so gründlich verlassen, daß sie sich nicht scheuten, viele Menschen als »Leibeigene« in körperlicher und seelischer Abhängigkeit »zu halten«. Sie hielten sie bewußt in Unwissenheit, um auf diese Weise tief in ihr Privatleben eingreifen zu können. Sie nahmen für sich das Recht über Leib und Seele ihrer Untertanen in Anspruch und bei »Ungehorsam« hatten sie sich vielerlei Strafen ausgedacht, wie z.b. Verweigerung des Abendmahls, Ablehnung der Absolution, sie drohten ihnen mit dem Greuel des Fegefeuers, schilderten ihnen die Hölle in den gräßlichsten Farben und nahmen ihre Seele und ihr ganzes irdisches Dasein in ihre Gewalt. Um die Armen noch mehr zu demütigen, hatten sie ihre Macht so weit ausgedehnt, denen, die für sie schufteten und fronten, auch noch das Letzte wegzunehmen, so daß sie dem Hunger und der Not preisgegeben waren.

Und wie hatten sich die christlichen »Vorbilder« in den Ländern gezeigt, denen sie das Christentum bringen wollten? Hat man nicht hier einfach die Menschen, die sich nicht diesem Glauben zuneigen wollten, vernichtet?? Als Brüder und Schwestern? Und da wundern wir uns, wenn es heute noch Kriege über Kriege gibt?? Ist das nicht auch eine systemimmanente Strafe? Haben wir uns nicht diese »Strafe« selbst bereitet?

Nicht das Evangelium der Liebe haben die »Hüter der Lehre« ihren leseunkundigen »Untertanen« gebracht, sondern die Zuchtrute eines imaginären Gottes, der nach ihrem Willen, ja sogar nach ihren Befehlen (Sündenvergebung nur durch den Klerus, Heiligsprechung etc.) die Menschen mit Not und Elend, Drangsal und Tod bedrohte, oder sie belohnte für ihr »gutes Leben und ihre Freigiebigkeit«, ihre »christliche Gesinnung« und ihren Gehorsam gegenüber ihren Anordnungen. Sollte eine solche Kirche, deren Lehre so sehr im Gegensatz zur Botschaft ihres »Gründers« (Jesus hat keine Kirche gegründet!) steht, weiterhin ihre Macht ausüben über die Gedanken, die Seelen der Menschen?

Was soll uns ein Gott, den die Kirche erfunden hat, um alle Macht in ihre Hände zu bekommen, der von uns verlangt, unseren Mitmenschen »wie uns selbst zu lieben« und ihm am Tag 7 x 70 Mal zu vergeben, und selbst nur Strafen und Vergeltung für uns bereit hat? Ein Gott, der wegen unserer Armseligkeit und unserem Unvermögen, womit wir erschaffen sind, Strafen in alle Ewigkeit verhängt? Während uns die Botschaft seines Gesandten die Nächstenliebe und die absolute Toleranz lehrt, steht über uns ein Gott der unendlichen Rache? Das ist kein Gott der Liebe, das ist der Teufel selbst.

Was erwarten wir von einem Krieg? Den Sieg? Was wird euch bleiben? Wie wollt ihr denn weiterleben? Habt ihr nicht unendliche Schuld auf euch geladen? Und wer wird diese Schuld begleichen, wenn nicht zuletzt ihr selbst? Und wie lange wird es nun – auch nach einem Sieg – dauern, bis ihr wieder wirklich leben könnt – oder bis der nächste Zwist losbricht?

Ihr denkt, wir werden arbeiten, alles wieder in Ordnung bringen, ein neues, gutes Leben aufbauen für die nächsten Generationen. Und was werden diese tun? Sie werden euch und eure Kriege verfluchen, weil ihr ihnen nur Zerstörung hinterlassen, Städte und die Natur ruiniert habt. Und der Neuaufbau hat noch mehr Naturvernichtung gebracht, einer Natur, die wir nun nicht mehr haben, und die uns lieber gewesen wäre als z.B. eure so vielgerühmte ethnische »Säuberung«. Wir könnten uns alle vertragen, denn wir sind alle Menschen und können sehr gut zusammenleben, viel besser als alleine, wenn ihr uns nicht gegeneinander aufhetzt. Wir wollen eure Hetztiraden nicht mehr hören, wir wollen nicht den gleichen Fehler machen wie ihr und unser Leben wieder in Frage stellen. Die Schönheit unserer Heimat kann uns nichts ersetzen, auch kein »Sieg«, denn dieser hinterläßt gleichermaßen nur Unheil. Wir wollen keinen Überfluß, wir wollen Fröhlichkeit und Frieden, sonst nichts. Und wir wollen in Freude, in Hilfsbereitschaft, vergnüglich und heiter, zusammen leben.

WAS BEDEUTET DENN SIEG?

Ist es nicht letztlich ganz egal, wer siegt? Denn keiner weiß, was nachher kommt und wie lange nach diesem Sieg Ruhe herrscht. Möglicherweise werden sich in den »Besiegten« wieder neue Rachegefühle aufstauen, die erneut zu einer schrecklichen Auseinandersetzung führen. Es kann ja immer nur einen Sieger geben, und der steht nicht von vorneherein fest. Keiner weiß, wie der von ihm angezettelte Krieg ausgeht. Keiner weiß, welche Leiden und Kümmernisse, wie viele Tote und Verstümmelte, Zerstörungen und Ruinen »sein« Krieg hinterläßt. Die Leidtragenden sind immer die Kleinen, die Armen, die, die den Krieg ausfechten müssen. Denn nicht die Initiatoren, sondern das Volk leidet. Aber das ist einer Masse, die sich durch Geschrei, erhobene Fäuste und Stiefelstampfen aufhetzen läßt, schwer beizubringen.

Nach einem Krieg neigt der Sieger dazu, den Unterlegenen zu schikanieren, zu demütigen, ihm alle Schuld zuzuweisen. Der Verlierer, der möglicherweise auch für seinen Sieg gebetet hat, macht sicher nicht Gott, sondern den Sieger für all das Unglück verantwortlich und fängt sofort an, wieder die Menschen aufzuhetzen, um einen »Vergeltungskrieg« anzufangen. Sie sollen nun »die Ehre« des Vaterlandes wiederherstellen, sie sollen wieder und wieder ihren armen Kopf hinhalten, um die Macht irgendeiner Institution wiederherzustellen, ihr mühsam erworbenes Hab und Gut erneut aufs Spiel setzen. Warum? Hat sich schon wieder so viel Haß aufgestaut, so viel Wut angesammelt, hat man selbst die Menschen des eigenen Landes aufgehetzt, damit man sie besser lenken kann mit Haßtiraden und Schmähungen gegen den »bösen Feind«? Und wieso wundert man sich, daß das eigene Volk so unberechenbar, so gehässig geworden ist? Kommt das alles von alleine, aus heiterem Himmel?

Wie »gerecht« kann ein Krieg sein, ein Sieg? Eine absolute Unmöglichkeit! Einen »gerechten« Krieg gibt es nicht und kann es auch nicht geben. Aber man kann den Menschen mit Parolen, schönen Reden, großem Geschrei und herumfuchtelnden Armen viel abverlangen!! Man kann sie zu unglaublichen Anstrengungen bringen, wenn man ihnen mit den richtigen Motiven und Parolen die entsprechende Einstellung einimpft. Menschen werden hier wie »Material« eingesetzt, wie eine Maschine, die zu funktionieren hat. Nach persönlichen Gefühlen, die ja den Menschen auszeichnen, wird nicht gefragt. Und auch nicht nach ihren Gedanken. Wieso spüren diese Menschen nicht, daß sie nur »verheizt« werden für die Interessen anderer? Was bleibt ihnen denn nach einem Krieg? Wer kommt für ihre Verluste und Schäden auf? Nicht der wirklich Schuldige hat ja die Opfer zu bringen, sondern immer und überall die Unschuldigen, die Kleinen, Ehrlichen und Fleißigen, die sich in einen Krieg hineinjagen ließen. Und warum lassen sie sich das überhaupt gefallen? Sind sie nicht ebenfalls denkende Menschen? Kennen sie nicht die Geschichte, die sie lehrt, daß niemals ein Krieg auf die Dauer irgendwelche Vorteile brachte, irgend etwas Positives nach sich zog? Wie lange muß der Mensch denn noch lernen, daß nur der Friede für ihn Glück und Wohlstand bringen kann? Wer ihm etwas anderes erzählen will, der belügt ihn und sollte am besten gleich hinter Gittern verschwinden, um neues Unheil abzuwenden. Wenn sich die Menschheit erst einmal auf diese Wahrheit geeinigt hat, wird sie auch dafür sorgen, daß dies geschieht. Wann werden die Menschen begreifen, daß sie sich dieser zerstörenden Elemente schnellstens entledigen müssen, um weiterleben zu können? Wann werden sie einsehen, daß nur die Waffenhändler und Volksverhetzer, die Großindustrie und der »Markt« daran verdienen und ihnen selbst nur die Trümmer und das Elend bleiben?

BÜRGERKRIEG – Was ist das?

Alle Politiker fürchten ihn, auch die Menschen im allgemeinen – woher also kommt er?

Nach dem Lexikon handelt es sich »um eine bewaffnete Auseinandersetzung verschiedener Gruppen in einem Staat, z.B. von Aufständischen und Regierungstruppen, mit dem Ziel, die Herrschaft zu erringen oder zu bewahren«.

Und auch er ist ein Krieg, da gibt es nichts zu deuteln. Egal, ob du mit deinem Nachbarn uneins bist, mit deiner Familie, mit deinem Freund – es ist eine Art Krieg. Und nur böse, häßliche, gemeine Gefühle werden in dir wach, und sie werden weiter angeheizt, bis man dich da hat, wo man dich haben will. Willst du das wirklich mitmachen? Bist du bereit, alles aufs Spiel zu setzen wegen eines Phantoms??

In einem Bürgerkrieg ist auf der »anderen Seite« dein Feind, einerlei weshalb. Das wird dir so beigebracht und du mußt es glauben, denn man gibt dir eine Menge plausibler Gründe dafür. Vor allem wird immer das »Vaterland« ins Spiel gebracht, damit kann man ungeheuer viel von den Menschen verlangen, denn es ist ein Begriff, der schon sehr nahe an »Gott« kommt. Überhaupt sind die Demagogen, die Politiker, ungemein erfinderisch, wenn sie Gründe suchen, um Menschen für ihre Interessen einzuspannen. Ist nicht der »Teufel« ein brillanter Logiker?

Das war noch verständlich in früheren Zeiten. Damals hatten die Menschen nicht die Möglichkeit, sich genau zu informieren, sie mußten glauben, was man ihnen zu sagen für gut befand, und außerdem stand die geistige Entwicklung auf einem wesentlich niedrigeren Stand als heute – die Leute waren nicht so gut und umfassend im Denken geschult, sie hatten dies den sie Beherrschenden überlassen müssen. Daß man uns heute mit fast den gleichen Argumenten wie in früheren Zeiten so viel abverlangen kann, ist ein Armutszeugnis für die zivilisierte Menschheit. Selber denken ist nötig!!

Also: Du stehst einem Menschen gegenüber, der im Grunde bis jetzt friedfertig war wie du, der dein Bruder war! – Und dir widerstrebt es eigentlich, in ihm einen Feind zu sehen, da er dir ja nichts getan hat und wohl auch nie diese Absicht hatte. Stelle dir vor, er wäre dein Kamerad beim Sport oder in einem anderen Klub gewesen. Aber nun trachtet er dir nach dem Leben, denn auch er MUSS – und so findet in dir eine verhängnisvolle Veränderung statt, du wirst wütend, du fängst an, ihn zu hassen – man hat dir das beigebracht – und schießt ihn über den Haufen. Viele Tote liegen schon da, und nun ist er einer von ihnen. Sicher, zuerst hast du noch ein komisches Gefühl, wenn du einen Menschen getötet hast, aber man gewöhnt sich im allgemeinen erstaunlich schnell daran – in den meisten Fällen wenigstens. Wäre das nicht so, wären Kriege beinahe unmöglich!!

Da liegt er nun, all seine Hoffnungen, seine Freude, seine ganze Zukunft – alles das hast du vernichtet. Das Blut verläßt seinen kräftigen Körper, die Augen sehen blicklos in die Ferne. Vielleicht ist sein Gesicht friedlich – denn er hat nicht dich, sondern du hast ihn umgebracht. Die Schuld ist bei dir geblieben: Und dieses Gesicht wird auf deinem weiteren Lebensweg mit dir gehen, wenn auch nur eine Spur von Menschlichkeit in dir übrig ist.

Überlegt einmal, habt ihr euch nicht für eure Kinder ein besseres Leben erträumt? Oder habt ihr sie in die Welt geschickt, damit sie nur Leid und Elend erleben? Sollen sie sich beizeiten an diesen Zustand gewöhnen, um »gute« Soldaten zu sein? Und da gibt es immer wieder neue Kriege?

Wie ist denn das überhaupt noch möglich ???

Wer hat diesen Agitatoren erlaubt, euch derart aufzuheitzen? Daß ihr euer schönes Land, eure Landwirtschaft, eure Fabriken, eure Industrie, eure Lebensgrundlage mutwillig kaputt macht, oder es zuläßt, daß all dies zerstört wird von einem Feind, der vielleicht früher einmal euer Freund war? Alles wird doch vernichtet in einem Krieg, eure so liebevoll gepflegten Gärten, in denen eure Kinder spielen, eure mit so vielen Opfern erbauten Häuser, eure Männer, Frauen und Kinder.

Diese Schreihälse leben ja selbst gut, sie werden bewacht, versorgt, ja sogar geehrt! Sie haben keine Glieder eingebüßt, leiden keinen Hunger nach der großen Zerstörung, sie haben ihre Familien und auch ihr Geld in Sicherheit gebracht. Und was habt ihr?

Warum sperrt ihr sie nicht rechtzeitig ein, ehe sie so unendlich viel Leid und Not über euch und euer Land bringen? Warum glaubt ihr ihnen, wenn sie euch vorreden, daß es nötig sei, all dieses Unheil anzurichten? Habt ihr selbst denn keinen Verstand, könnt ihr nicht selber denken und mit den Kontrahenten reden? Wozu ist uns denn die Sprache gegeben, wenn wir nicht unnötige Zwiste damit vermeiden und uns mit allen Menschen verständigen können. Könnt ihr euch nicht vorstellen, was da auf euch zukommt?

Ist denn je nach einem Krieg etwas besser geworden? Habt ihr mehr Wohlstand, mehr Freude, mehr Glück? Nichts davon ist doch eingetreten. Die Freude ist vernichtet, die Freunde sind fort oder zu Feinden geworden oder auch umgekommen. Der Wohlstand, der schon vorher nicht groß war, ist restlos dahin. Wozu also ist ein Krieg gut? Neben all dem Leid und der großen Not hat das Glück keine Chance. Wollt ihr also Krieg führen, um einem Menschen zur Macht zu verhelfen, der euch nichts dafür geben wird; daß ihr euch für ihn und seine Interessen habt alles zerstören lassen, und der für eure Brüder und Schwestern nur Kummer und Schrecken gebracht hat. War es das wirklich wert?

Und ihr selbst – was ist aus euch geworden? Entweder euch plagt seither euer Gewissen oder ihr seid zu einem Menschen ohne Menschlichkeit geworden, und eure Gedanken haben sich an Haß und Feindschaft, an Mißtrauen und Argwohn gewöhnt, oder an

Geiz und Neid, an großartige Besitztümer und an Reichtum? Wer kann denn weiterleben mit dieser Last von Unmenschlichkeit und Gewalt? Oder habt ihr kein Gewissen mehr? Ist auch das unter die Räder gekommen?

Habt ihr jemals an Gott geglaubt? Habt ihr jemals um Glück und Wohlergehen gebetet? Seid ihr euch nicht selbst zu Teufeln geworden? Was werdet ihr euren Kindern sagen, wenn sie fragen, warum ihr das alles getan habt? Wollt ihr auch in ihnen ein ewiges Feindbild erstehen lassen, auf das ihr all eure Untaten projizieren könnt? Soll denn der Haß und das Unheil auch in den folgenden Generationen weitergegeben werden? Wie wollt ihr ihnen das erklären, daß ihr ihnen nur Ruinen und verwüstetes Land hinterlassen habt? Und daß »die Anderen« daran die Schuld trifft? Wieso denn nur die »ANDEREN«?

Wer wird euch erlösen von diesem Irrtum? Ist es nicht endlich an der Zeit, den Verstand, den euch Gott gegeben hat, auch in seinem Sinne zu gebrauchen, um auf unserer Erde ein friedliches und glückliches Leben zu ermöglichen?

DER KRIEG UND GOTT

Es gibt das Wort vom »gottgewollten Krieg«.

Welcher Gott ist das denn, der einen Krieg gewollt hat? Ein Gott der Liebe? Oder der rachsüchtige Gott des alten Testamentes nach der Regel »Auge um Auge, Zahn um Zahn«? Bei all den »Botschaften und Aussagen« der verschiedenen Gottheiten geraten wir nachgerade in ein Dilemma, von dem uns keine Kirche und kein Interpret dieser »Botschaften« befreien kann.

Wenn es in der Bibel heißt, daß »es immer Kriege geben wird«, dann ist das absolut keine Empfehlung, sondern eher eine War-

63

nung. Denn, wenn diejenigen, durch die »Ärgernisse« entstehen, so negativ beurteilt werden, daß es für sie besser wäre, mit einem Mühlstein um den Hals ersäuft zu werden, kann ein Krieg nie und nimmer von Gott gewollt sein, auch nicht im Sinne der Kirche! Nur allein die Menschen verursachen Zwietracht, Neid, Hader, Haß und – ist denn ein Krieg kein »Ärgernis«? Jesus hat uns auch nicht gesagt, daß wir alles nehmen sollen, wie es kommt, daß wir in Krankheit geduldig ausharren sollen, daß wir kein Recht hätten, um irgend etwas zu bitten, was möglicherweise »gegen Gottes Willen über uns verhängt sei«. Im Gegenteil ermahnt er uns, zu bitten, zu suchen, und er hat keinen, der ihn um Hilfe und Heilung gebeten hat, fortgeschickt, ihn aber gefragt, ob er »glaube«. Er hat zu keinem Kranken gesagt: »Du mußt das tragen, Gott hat es dir für deine Sünden geschickt, ich habe nicht das Recht, dich davon zu befreien.« Und mit dem »Kreuz, das wir tragen müssen«, hat er wahrscheinlich darauf hinweisen wollen, daß wir – eben durch unseren Unglauben an unsere innere göttliche Heilkraft – die Konsequenzen tragen müssen.

Hier liegt eine gigantische Aufgabe, eine lebensnotwendige Aufgabe, die sicher nicht intellektuell allein bewältigt werden kann. Der Computer wird darauf keine Antwort geben können. Da es sich bei dem Begriff »Gott« auch nicht um einen im Lexikon erklärbaren Begriff handeln kann, müssen wir diese Frage nach Gott in die Metaphysik, in den rein seelischen Bereich unseres Lebens, verweisen. Und wo finden wir nun diesen???

Da die Gottheiten unserer Zeit eher friedlich zu interpretieren sind, denn ein Gott des Hasses und der Rache ist kein Gott im Sinne unserer Religion, können Kriege auch nicht gottgewollt sein. Kriege werden eindeutig durch Demagogen, durch Falschinterpreten, durch wirtschaftliche Gesichtspunkte (Anhäufung von Waffen, Ruf nach Arbeitsplätzen!!), durch Verirrungen im menschlichen Zusammenleben o.ä. hervorgerufen.

Die Mitwirkung eines Gottes an Kriegen ist – auch vom allgemeinen Standpunkt aus – höchst unwahrscheinlich, es sei denn, wir setzen einen Gott der Rache und Zwietracht voraus, der aber nicht in das Bild des Christentums (und auch nicht des Islam) paßt.

Ist es nicht eine Infamie ohnegleichen, eine Gottheit für unsere Unzulänglichkeiten verantwortlich zu machen? Bereiten wir uns nicht selbst allenthalben Schwierigkeiten mit lebensverachtender Strategie? Ist unsere Naturzerstörung, die Gefahren der Atomwirtschaft, die Manipulation auf den Gebieten der Wissenschaften, der Technik, der Medizin, des menschlichen Zusammenlebens (z.B. ethnische Säuberung) mit einem ungeheuren Aufwand von Intellekt und einer phänomenalen Gewissenlosigkeit nicht selbstgemacht, ohne das Ende zu bedenken?

Wir können die Schuld an all diesem Zerstörungswahn an niemanden weitergeben, wir tragen die Verantwortung ganz alleine selbst. Wir können uns nicht davonstehlen aus der von uns hervorgerufenen Katastrophe, nur wird diese mit den Schuldigen auch die Unschuldigen treffen. Und die Konsequenzen werden uns nicht erspart bleiben.

Doch, wer ist unschuldig? Jagen wir nicht allesamt hinter dem »Goldenen Kalb« her? Stellt sich nicht bei allen Meldungen über Vergiftung, Zerstörung, Vernichtung der Ressourcen immer wieder heraus, daß hinter allem Übel das liebe Geld steckt? Haben wir nicht alle zusammen eine Verantwortung zu tragen für die Allgemeinheit, für die großartige Schöpfung, in die wir integriert sind? Müssen wir uns nicht energisch gegen die Vergiftung durch diesen zerstörerischen Kapitalismus wehren? Warum glauben wir an diese Anpreisungen, diesen Verführern, die uns den unermeßlichen Wohlstand – selbst auf Kosten der Natur – aufreden wollen? Ist nicht die »Sünde« wider die Schöpfung identisch mit der gegen den Geist Gottes? Und eben »diese Sünde wird nicht vergeben«, sie trägt das Verderben unwiderruflich in sich, eine systemimmante Strafe.

In diesen Tagen tobte wieder einmal ein Krieg in der Welt, und in den Medien wurden uns die neuesten Wunderwaffen präsentiert, die ihr Ziel über weite Strecken alleine finden. Und um was wurde dieser Krieg geführt? Haben sich nicht all die Jahre die verschiedenen Völkerschaften vertragen? Haben sie nicht gut und in Frieden zusammengelebt? Wer hat sie aufgehetzt, wer hat ihnen erzählt, daß der Andere plötzlich nicht mehr zu ihm paßt, daß er ihn vertreiben, ja sogar töten muß? Und warum haben sie das geglaubt? Hat ihnen die Erfahrung nicht gesagt, daß hier gelogen wird, um Machterhalt? Daß es um die Interessen der Politik geht, für die sie sich nun die Köpfe einschlagen sollen? Ist es nicht grotesk, daß gerade unter diesen Völkern im Osten immer wieder Kriege entstehen? Was heißt denn »ethnische Säuberung«, ist das nicht ein Unwort? Wieso lassen sie sich gegeneinander hetzen? Wer hat daran das große Interesse, und wieso spüren sie es nicht, daß sie nur anderen Vorstellungen dienen?

Was soll denn z.B. der Krieg im »Heiligen Land« für Nutzen bringen? Hier haben wir es mit einer religiösen Frage zu tun, denn die Israelis glauben, daß ihnen Gott dieses Land zugewiesen hat, und was kann man gegen religiösen Wahn unternehmen? Sollen denn die Palästinenser keinen Platz auf der Erde habe?? Gab es nicht einmal ein Land »Palästina«? Wer wird diese Frage beantworten können? Wer wird endlich Frieden bringen in dieses unglückliche Land?

Wie unglaublich tüchtig sind wir doch geworden. Wenn es um Waffen, um Wirtschaft, um Arbeitsplätze geht, erfinden wir die tollsten Dinge, da haben wir die fabelhaftesten Ideen. Aber wenn es darum geht, Kriege und Zwist zwischen den Völkern zu verhindern, da fällt uns nicht viel ein. Sicher, wir wollen den vielen unschuldigen Kriegsopfern, den Tausenden von Flüchtlingen helfen, wir schicken tonnenweise Zelte, Lebensmittel, Trinkwasser, Medikamente. Wollen wir uns damit freikaufen von dem schlechten Gewissen, dieses Elend nicht rechtzeitig verhindert zu haben?

Doch, um all diese Katastrophen gar nicht erst eintreten zu lassen, sind wir nicht gut genug. Diplomatische Gespräche, Embargos, und wenn nichts anderes mehr hilft, dann eben Waffen!! Warum sind wir in materiellen Dingen so tüchtig und kommen nicht weiter im Geistigen?

Der Haß vermehrt sich ganz automatisch von selbst –
die Liebe unter den Menschen verbreitet sich viel schwerer! Warum???

Wie sehr sehnt sich die Menschheit nach Frieden! Gibt es Streit mit der Familie? Streit und Zwietracht im Büro, Uneinigkeit zwischen den Völkern, Krieg und Übeltaten? Kämpfe zwischen den verschiedenen Glaubensgemeinschaften? Was haben wir davon? Nein, Frieden suchen wir, echte Harmonie. Nicht die Langeweile des Nichtstuns, der inneren Leere. Was ist denn das Leben ohne Frieden? Wir brauchen ihn zur Erfüllung unserer Pläne, zu unserer gesamten Entwicklung. Was bleibt denn nach einem Krieg? Die gesamten Kräfte des Menschen sind nötig für den »Wiederaufbau«, alles muß dafür eingesetzt werden. Die geistige Evolution muß noch warten!!

Frieden brauchen auch die Naturvölker, die mit den seltsamsten Geisterkulturen leben und durch Opfer und Riten die Naturgötter, die sie verehren, zu versöhnen suchen. In ihnen liegt der Respekt und auch die Angst fest verankert. Sie fühlen sich den unbekannten Mächten ausgeliefert, die überall um sie herum leben. Jedes Volk strebt im Grunde nach Eintracht und Frieden, danach, in Ruhe seine Existenz aufzubauen, in Harmonie mit dem, was über ihnen ist und Einfluß auf sie hat, auszukommen. Aber anstatt ihnen den Frieden durch unser Wissen um Gott zu bringen, beginnen die Religionsgemeinschaften, einen Kampf um diese Menschen zu führen. Sie glauben, um ihre Seelen kämpfen zu müssen, wie sie zu ihrer Rechtfertigung versichern. Man will sie von den »Irrlehren« der anderen Glaubensrichtungen bewahren. Aber glauben denn die Christen das im Grunde selbst?? Geht es nicht viel eher wieder um Macht? Will man nicht die eigenen Ansichten, von denen man behauptet, sie enthielten den Willen Gottes, den Naturmenschen aufdrängen, um den eigenen Einfluß zu vergrößern und seinen eigenen Willen nach Möglichkeit auszudehnen? Wie steht es mit der eigenen Erkenntnis? Was wir weitergeben an die »Heiden« sind verschimmelte Brosamen, die mit dem »Brot des Lebens« wenig zu tun haben. Und da wollen wir Frieden??? Sind wir denn nicht selbst ständig an neuen Kriegen schuld? Die Idee des Christentums nach seinem Stifter kann nur Frieden und Toleranz sein, sie verabscheut Macht und Intoleranz, sie lebt nur von der Achtung vor der Schöpfung, von der Liebe zu dem Nächsten, auch zur Natur, in der wir leben, und die ja so wunderbar ist.

Unsere unverstandene, verzerrte Religion, in der man zwar nicht töten darf, aber wohl Soldaten lehren, wie sie auf große Entfernungen Menschen einzeln oder nach Tausenden vernichten und ganze Städte und Länder zerstören können, das widerspricht nicht unserem Glauben? Wie unzählige Menschen und wie viele unschuldige Kinder umkommen? Wir wissen also ganz genau, was Gott von uns erwartet, denn dazu haben wir die »Kirche«, die uns das mit Sicherheit sagen kann. Nur scheint mir, auch sie wisse es nicht, denn woher kämen Kriege in christlichen Ländern? Wir bringen den Völkern unsere hochentwickelte Technik, wobei wir erwarten, daß diese Menschen, die noch auf der untersten Sprosse der Leiter stehen, mit einem Satz auf der oberen landen, ohne sich Hals und Bein zu brechen. Wundern wir uns nicht, wenn diese absurden Bemühungen wieder in Krieg und Haß enden, anstatt Frieden und echtes Leben zu bringen. Machtkämpfe zwischen Ost und West, zwischen Christentum und anderen Religionen, ja selbst zwischen den christlichen Glaubensrichtungen, die doch die Nächstenliebe und den Frieden auf ihre Fahnen geschrieben haben, werden wieder auftauchen. Wie oft haben sich in der Vergangenheit Christen untereinander aus eben ihrer »anderen« christlichen Einstellung umgebracht! Neue Verwirrungen und Kämpfe entstehen, und keiner will die Verantwortung dafür übernehmen. Jeder Lehrer muß erst einmal selbst das Einmaleins lernen, um es den Schülern beibringen zu können, und wir alle müssen endlich lernen, Frieden zu halten, Frieden zwischen den Menschen, zwischen den Völkern und vor allem in uns selbst.

Wieso glauben wir, daß unsere Religion, wie wir sie uns zusammengebastelt haben, den Willen Gottes repräsentiert, und daher so gut sei, daß wir sie jedem Menschen aufdrängen könnten, er sei beschaffen wie auch immer, und ihm vorgaukeln, daß sein Wohl und Wehe im Diesseits und im Jenseits von eben diesem Glauben, dieser Kirche abhängig sei.

Überlegen wir einfach einmal, wie es wäre, wenn wir wüßten, daß in allernächster Zeit eine Weltkatastrophe über uns alle hereinbräche? Sie könnte auch aus dem Weltraum kommen!! Hat es dann noch Sinn, Kriege zu führen? Oder auch nur über Kleinigkeiten ärgerlich zu sein, sich um ein Nichts zu streiten? Da wir alle nur heute wissen, daß wir noch leben und keiner weiß, was morgen sein wird, sollten wir es uns zum Gesetz machen, nach diesen Aspekten unser Leben auszurichten. Damit wären wir schon ein Stückchen näher am Glück. So aber stehen wir immer noch auf der Stufe des Menschen, der vor Millionen von Jahren den ersten Splitter von einem Kiesel schlug, um sich damit eine Waffe zu schaffen. Was sind wir doch für arme Menschen, daß wir eine Atombombe brauchen!

Wir kommen nicht darum herum, wir müssen vor allen Dingen und zuerst Frieden in uns selbst schaffen, um künftige Kriege zu vermeiden. Jeder, der nicht von Herzen in sich und um sich nach Frieden trachtet, trägt Schuld an Kriegen, wo immer sie sich abspielen. Und deshalb müssen wir umdenken, allgemein und global, wenn wir künftig Kriege vermeiden wollen – und wenn wir wahre Menschen und Kinder Gottes sein wollen.

DAS GEBET

Beten ist kein Privileg des Christentums. Solange Menschen an Götter glauben, beten sie, denn tief im Menschen liegt ein Bedürfnis, sich an eine imaginäre Macht zu wenden. Sie verehren sie, sie beugen sich vor ihr und suchen, ihre Gesetze zu ergründen. Es haben sich daher eine Vielzahl von Glaubensansichten und Gebetsriten herausgebildet, die sich in den verschiedenen Regionen zum Teil unterschiedlich darstellen. Tief innen in der Seele des Menschen liegt ein Bedürfnis, sich einer über ihm stehenden Macht, die er fühlt, zu nähern. Und eben bei dieser Vorstellung gehen in den Religionen die sehr differenzierten Ansichten ganz eigene Wege.

Wir dürfen nicht vergessen, daß die Vorstellung einer Götterwelt, einer über allem stehenden Macht und einer Bedrohung durch die Kräfte der Natur die Menschen der Frühzeit zu Demut und Besinnung gebracht hat und sie nach einer Hilfe suchen ließ.

So gibt es ganz unterschiedliche Wege des Betens. Es kann eine tiefe Versenkung, eine Meditation über Gott sein, eine große Stille in uns, das intensive Erleben der Großartigkeit der Natur. Oder ein verzweifelter Schrei in einer ausweglosen Not. Es kann aber auch in ständiger Wiederholung eines Gedankens, eines Wortes (z.B. »OM«) bestehen, im Drehen von Gebetsmühlen (das wohl einen Widerhall, die Gewißheit, daß das Gebet ankommt, hervorruft), im Absingen einer Litanei u.ä. Es kann eine Bitte ausdrücken oder ein Lob der Schöpfung, des Schöpfers. Rituale, Tänze, Musik und Gesänge – das alles kann auch Beten sein.

Wann beten wir? Es gibt Augenblicke des Glücks, in denen wir ein heißes Gefühl des Dankes haben und tief in unserer Seele ein Dankgebet zum Himmel schicken. Wenn uns Schicksalsschläge treffen, ein Unheil droht, drängt sich uns ein Gebet auf die Lippen. Aber wohin schicken wir unsere Gebete? Es gibt ja gerade auch in der christlichen Religion, in der wir nur einen Gott kennen, viele Heilige, an die wir uns in bestimmten Fällen wenden. Doch, wo kann unser Gebet Gott erreichen? Es fällt uns schwer, uns Gott als Empfänger unserer Bitten vorzustellen, denn uns ist gesagt, daß wir uns kein Bild machen sollen. Wie sollen wir uns daher Gott vorstellen, ohne uns ein Bild von ihm zu machen? Sich Gott nicht bildlich, sondern als Geist zu denken, ist uns beinahe unmöglich. Da die Heiligen, die von uns verehrt werden, aber einmal auf Erden gewandelt sind und Menschen waren wie wir, stehen sie uns näher, und wir können sie leichter erreichen. Und wir glauben, daß diese »Heiligen« uns hören können, wir glauben also, daß sie jetzt da sind, wo wir das Paradies vermuten. Deshalb hat auch Christus uns Gott als Vater genannt, weil wir uns dann an ihn als liebenden, fürsorglichen Vater wenden können. Auf diese Weise hat uns Jesus Gott näher zu bringen versucht. Doch auch der »Vater« ist ja mit einer Vorstellung verbunden.

Hier handelt es sich aber nicht um ein »Bild«, sondern um die Empfindung eines Beschützers, einer über uns stehenden »Institution«, worin wir uns geborgen fühlen können.

Denken wir einmal daran, daß Jesus uns gesagt hat, daß das Himmelreich in uns ist. Was hat diese Vorstellung mit dem BETEN zu tun? Können wir möglicherweise an dieses Himmelreich in uns denken, wenn wir beten? Es ist doch eine eigenartige Sache, dieses Himmelreich »in uns«!! Vielleicht sollten wir diesen Gedanken einmal ganz in uns aufnehmen. Er wird uns sicher ein Stück weiter führen auf unserem Weg, der »anderen Welt«, der rein geistigen, näher zu kommen. Unser Bild von Gott, unsere Ansicht über die »Unendlichkeit« der Schöpfung werden eine völlig neue Dimension bekommen, wenn wir versuchen, diesen großartigen Gedanken in uns fest zu verankern.

Im Islam wird das Gebot, sich von Gott kein Bild zu machen, sehr genau beobachtet. Die Moslems beten zu Allah, und sie haben einen ganz anderen Begriff von ihrem Gott als die Christen. Näher wollen wir darauf nicht eingehen, das führte zu weit, aber daß man sich im Gebet an »Gott« wenden kann, ohne sich ein »Bild« von ihm zu machen, scheint möglich zu sein. Das Gefühl der Geborgenheit ist ja wie eine Heimat, ist wie ein Schutz, wie eine Sicherheit in den Strömen des Ungewissen.

Doch wie wollen wir uns Gott nähern? Es ist nicht nötig, daß wir uns als »große Sünder« an ihn wenden, denn er hat uns ja erschaffen und kennt uns besser als wir uns selbst. Aber wir müssen bedenken, daß wir ein Mensch unter Menschen sind, daß wir also nicht um unserer selbst willen leben, sondern als ein Glied in der allgemeinen Schöpfung, als Bruder und Schwester der anderen Geschöpfe, auch der Tiere, der Pflanzen, der gesamten Natur. So werden wir mit der Zeit spüren, daß selbst die Steine uns zugehören, denn auch in ihnen kreisen die Atome, die das Grundprinzip der Schöpfung darstellen. Wir spüren unseren Atem in uns, er schafft uns das Leben immer wieder neu und damit das Wissen um unser Eingebundensein in alles, was ist.

Nun ist uns aufgetragen, daß wir »reinen Herzens« beten sollen. Und was heißt das? Jesus hat uns auch hierzu einen Hinweis gegeben: »Wenn du mit deinem Bruder uneins bist, dann gehe zuvor zu ihm und versöhne dich mit ihm, alsdann komme und bete.« Hier werden wir darauf hingewiesen, daß wir zuallererst unsere eigene Verantwortung wahrnehmen müssen. Wir können also nicht auf die Erhörung unseres Gebetes hoffen, wenn wir einen Groll in uns tragen, wenn wir mit uns selbst nicht im Einklang sind, wenn wir mit Unduldsamkeit, mit Argwohn etc. angefüllt sind. Auch Buddha lehrt uns: »Groll mit sich heim zu tragen, ist wie das Greifen nach einer glühenden Kohle, um sie nach jemandem zu werfen. Man verbrennt sich nur selbst dabei.« Auch uns ist gesagt, daß wir 7 x 70 Mal täglich verzeihen müssen, denn wir bitten doch im »VATER UNSER«. »... und vergib uns unsere Schuld, *wie auch wir vergeben* unseren Schuldigern.« Haben wir uns je darüber Gedanken gemacht, was das für uns bedeutet? Was uns daran mahnt, daß wir immer wieder vergeben müssen, ohne Wenn und Aber, ganz einfach in dem Bewußtsein, daß wir ja ebenfalls immer wieder der Vergebung bedürfen? Wenn wir genau in uns hineinlauschen, dann spüren wir, wie wenig Hoffnung wir doch im Grunde an unsere Gebete wenden können, denn haben wir wirklich kein schlechtes Gewissen? Ist unsere Seele so rein, um sich an Gott als Vater zu wenden und auf Erfüllung unserer Bitten zu hoffen? Aber wir müssen hier umdenken. Gott oder das Wesen, das wir Gott nennen, weiß, daß wir Menschen sind und keine Heiligen. Daß in uns etwas ist, das uns erhält, das uns eine »Eigenheit« gibt, die aus uns diese unterschiedlichen Wesen macht, und das durch eben diese Eigenheit ganz auf sich bezogen ist, wodurch viel Fehlerhaftes und Einengendes entsteht. Hier müssen wir auf die »Evolution« hoffen, aber für die Entwicklung des Lebewesens Mensch ist dieser Schritt über den Egoismus wohl notwendig. Denn auch die geistige Komponente des Menschen muß sich entwickeln, muß den Weg finden zur Vollkommenheit. Es muß ja nicht »Egoismus« (im üblichen Sinne, ein Egoismus, der rein materiell nur an sich denkt) sein, wenn wir uns ganz tief auf unser Innerstes besinnen. Unser Weg muß in die rechte Richtung gehen, weiter zur Vollkommenheit des Geistes, weiter zu Gott. Und dieser Weg ist weit und beschwerlich.

Jesus versicherte seine Zuhörer, daß Gott uns nicht einen Stein für das erbetene Brot geben wird, da das selbst die irdischen Väter nicht tun. Und wird uns Gott vergeben, wenn uns unsere Fehler von Herzen leid tun? Welch ungeheure Verpflichtung geht uns aus dem Wissen um die Güte Gottes hervor, wenn wir genau hinhören, was das bedeutet!! Hat uns Gott nicht die Freiheit gegeben, unser Leben einzurichten, uns ein Ziel zu geben, nur dorthin zu streben?? Aber können wir uns immer auf Gottes Güte verlassen, einfach so? Müssen wir nicht unseren geistigen Möglichkeiten entsprechend das Unsere dazu tun, daß Gott mit uns ist? Können wir den Gesetzen des Lebens entfliehen, den systemimmanenten Strafen entgehen?

Aber wo ist Gott? Auch hier haben wir einen »Wegweiser«. Wir sollen ihn nicht hier und da, nicht in dem Tempel oder auf dem Berge suchen, denn das Himmelreich ist inwendig in uns. Damit ist uns doch gesagt, daß der Geist der Schöpfung in uns existiert, uns erhält, das Leben in uns ist. Bereits in der Schöpfungsgeschichte werden wir darauf hingewiesen, daß den Menschen das Leben durch den »Atem« Gottes gegeben wird, d.h., daß er ein Teil des großen, gesamten Lebens ist. »Näher als Hände und Füße ist er uns«, sagt eine alte östliche Weisheit. Auch sollen wir nicht stundenlang Gebete murmeln, sondern genau darauf achten, wie wir beten. All dies ist zu bedenken. Sicher werden wir Gott keinen Gefallen tun, wenn wir ihn loben, aber ein Lob Gottes hinterläßt in unserer Seele einen Nachhall, ein Echo, das uns hilft, ihm näher zu kommen. Oder wenn wir ihn – nach unserer Meinung – erzürnen, wenn wir fluchen und schimpfen, welche Wirkung hat das?? Gott braucht unsere Lobhudeleien nicht und wird von unserem Zorn nicht berührt werden. Doch in unserer Seele wird auch Unmut über den Schöpfer ein Echo auslösen, das nur alleine uns selbst schadet. Denn in uns ist der Geist der Schöpfung, der Geist Gottes. So finden alle unsere Regungen ihren Widerhall in unserem Leben, ob uns das paßt oder nicht. Wir können dem geistigen Prinzip nicht entfliehen, wir sind darin eingebunden. Und eben diese »Einbindung«, das ist unsere Freiheit!!

Unsere Gedanken an Gott, unsere Gebete und Litaneien werden uns helfen, uns mehr und intensiver mit Gott zu beschäftigen, uns ihm mehr und mehr zu nähern. Wir selbst brauchen das Gebet, denn es wird uns helfen, uns stärker des Geistes Gottes bewußt zu werden. Was wir ständig wiederholen, auch in Gedanken, dringt tief in unser Unterbewußtsein ein. Und so müssen wir uns sehr genau mit unserem Denken beschäftigen, denn es kann uns viel Gutes, aber auch sehr viel Übles davon kommen. Wenn wir in einer gleichgesinnten Gemeinschaft beten, wird uns diese gemeinsame Sammlung helfen, uns leichter auf Gott einzustellen. Gott außerhalb zu suchen, hilft nicht weiter, denn er ist überall in seiner

Schöpfung existent, auch in uns. Wir können ihn nicht hinweg-
diskutieren, selbst wenn wir es noch so gerne möchten. Er ist uns
gegenwärtig, ob wir es spüren oder nicht.

Wie haben wir aber diese wunderbare Natur in der großen
Schöpfung behandelt? Wenn wir z.B. jemandem etwas gestohlen
oder zerstört haben und wir treffen ihn wieder, ist uns das gar
nicht recht. Wir haben ihm gegenüber ein schlechtes Gewissen
und können das nicht verbergen. Wie steht es da mit unserem
»reinen« Gewissen in Bezug auf die uns ohnehin nur zum Teil zu-
gängliche Schöpfung? Da wir die wunderbaren Erfindungen Gottes
bereits gewaltig ruiniert haben – müßten wir da nicht ständig mit
einem schlechten Gewissen umherlaufen? Nimmt uns das nicht
die Zuversicht, daß wir um etwas bitten können, das dann auch
erfüllt wird? Sicher, Jesus hat uns gelehrt, daß wer bittet, der auch
erhält. Aber er hat jeden Bittsteller gefragt, ob er denn glaube. Er
hat keinen einzigen Bittenden abgewiesen mit der Bemerkung, daß
ihm das Los, die Krankheit, der Kummer auferlegt sei, und er ihm
daher nicht helfen könne oder dürfe. Wie ist das bei uns heute?
Und was bedeutet das für uns? Daß wir uns immer und überall an
Gott wenden können, wenn wir glauben! Und Glaube kommt
nicht von ungefähr, aber er kann auch nicht erzwungen werden.
Deshalb kann niemand verurteilt werden, der nicht »glauben
kann«! Das dürfen wir nicht vergessen und niemand deshalb
verurteilen. Das ist nicht unsere Sache! Und wie werden wir
erkennen können, ob ein Mensch »glaubt«? Und was bedeutet
denn, »an etwas glauben«? Wissen wir denn das selbst?? Glauben
bedeutet doch, etwas als sicher annehmen, keinen Zweifel mehr
haben, keine Unsicherheit. Einfach »wie ein Senfkorn«! Denn ein
Samenkorn wird – wenn die Gegebenheiten richtig sind – unfehl-
bar wachsen, die Entwicklung ist in ihm vorgegeben, es kann nicht
anders! Und das heißt wohl »GLAUBEN«!
Denken wir nun einmal an die Macht der Kirche, die eine ganz
andere Lehre für uns bereit hat!! Sie selbst kann uns vergeben, sie
selbst wird gewissermaßen »Gott zwingen«, ihre Urteile anzuer-

kennen. Wozu sollen wir denn da eigentlich noch beten? Genügt es nicht, wenn wir uns mit der Kirche gut stellen, ihre Regeln und Ansichten achten und sie durch Gaben unterstützen? Wozu brauchen wir dann eigentlich noch Gott selbst? Ist denn die Kirche nun Gott? Hat sie auf Erden seinen Platz eingenommen? Verwaltet sie den GLAUBEN? Ist es nicht genug, sich ausschließlich an diese *eine* Kirche zu halten, die ja für sich die »alleinige Wahrheit« beansprucht? Wo bleibt da die Vielfalt der Schöpfung, und warum wollen wir Gott verwehren, selbst als Vielfalt in Erscheinung zu treten, da doch seine Schöpfung so unendlich vielfältig ist? Wer nimmt sich heraus, Gott unsere eigenen Ideen anzudienen?? Wie sehr ist doch unser Gottesbegriff ein menschliches Erscheinungsbild! Deshalb wurde uns verboten, uns ein Bild von ihm zu machen, denn wir sind nicht in der Lage, uns Gott auch nur annähernd vorzustellen. Kann uns nicht genügen, daß uns gesagt ist: Das Himmelreich ist inwendig in euch? Und wo bleibt da die »Erbsünde«, die uns die Kirche eingeredet hat? Kann man denn eine Sünde, eine falsche Handlung, böse Gedanken erben? Ebenso, wer kann die Fehler unserer Gedanken und daraus resultierende falsche Handlungen einteilen in »lässige Sünden«, »Todsünden«?

Und noch ein Gedanke muß an den Inhalt der Gebete gewendet werden. Wenn wir um etwas bitten, das einen anderen oder die Schöpfung allgemein möglicherweise schädigt, wie können wir denn da auf Erfüllung unserer Bitte hoffen? Können wir denn überhaupt um etwas bitten, das Schaden bringen würde? Müssen wir uns nicht genau überlegen, wie sehr unser Wunsch von unserem Egoismus getragen wird, ohne Rücksicht auf Andere? Wir beten um Hilfe für unsere Gesundheit, um Frieden und haben nicht das geringste Bedauern für die Beschwernisse und Hindernisse, die wir um uns verbreiten, mit denen wir der Schöpfung und anderen Menschen schaden, Tiere quälen, Regenwälder abholzen und überhaupt in jeder Hinsicht in die Schöpfung mit unserer Besserwisserei eingreifen?

Wo bleibt unsere Hoffnung und Zuversicht auf die Hilfe Gottes? Haben wir überhaupt Anspruch darauf? Könnte es nicht sein, daß die Erfüllung unserer Bitte einen für uns unerkennbaren Schaden stiftet? Wir verhindern ja alles durch unser falsches Verhältnis zu Gott, zu dem Vater, der sich um uns kümmert, der unsere Bitten erhören soll? Wir zertrampeln alles, indem wir versuchen, es besser zu machen, die Schöpfung nach unserem Gutdünken zu verändern, die wunderbare Ordnung zu zerstören – und da wollen wir Frieden haben, ohne bereit zu sein, in uns selbst Frieden mit Gott zu halten? Und denken wir an die vielen Kriege, die über die Erde gegangen sind und noch immer toben? Wie ist das denn mit dem Gebet um Frieden? Bitten nicht oft beide Parteien um Sieg? Das hieße doch, dem Gegner die Niederlage und damit eine Fülle von Naturzerstörung, Verletzte, Tote, Krankheit und alles Unheil zu wünschen. Und diese Bitte sollte Gott erhören, ein Gott der Liebe, der Toleranz, des Vertrauens?

Und noch eins: Wir können das Schachern nicht lassen – nach unserem Vorteil schielen! Wenn wir von Gott etwas erbitten, das uns sehr am Herzen liegt, versprechen wir gerne eine »Gegenleistung«, die Gott zur Hilfe verpflichten soll. Was ist das für ein Gott, mit dem wir in der Bedrängnis unbedingt rechnen können? Es ist doch wie beim Handel. Wird uns das Erbetene nicht zuteil, fühlen wir uns auch nicht mehr an unser innerliches Versprechen gebunden. Wie denken wir denn überhaupt über Gott? Ist er nicht in unserem Sinne wie wir selbst? Berechnend, hinterlistig, nachtragend usw.? Wartet er nicht darauf, daß wir uns erkenntlich zeigen? Nach welchen Gesichtspunkten verteilt er seine Güte, seine Hilfe? Nach Gutdünken, nach Laune? Was erwartet er von uns, um uns zu helfen? Und wenn er uns hilft, werden wir denn besser davon? Bilden wir uns wirklich ein, daß es sich bei Gott um eine Wesenheit handelt, die man bestechen, übertölpeln, austricksen kann? Glauben wir denn, daß Gott uns braucht, um seine Güte, seine Hilfe zu verteilen? Welch armselige Gedanken haben wir über Gott, über diese universelle Wesenheit, die uns so schwer verständlich ist. Und eben deshalb gibt es so viele Propheten, Botschafter, Verkünder, die der Universalität eines Gottes näher gekommen sind, und uns davon berichten wollen. Wie wollen wir da mit unserem kleinen Verstand rechten über die »einzig wahre Religion«?? Wir haben ja auch unseren Geist mitbekommen, um uns der für uns zugänglichen Ansicht zuzuwenden. Auch die »Verkünder« können doch irren!! Und deshalb können wir auch hier das auswählen, was unsere Seele froh macht und nicht beklemmt!

Wie armselig sind doch unsere Gottesvorstellungen! Wäre es nicht an der Zeit, an dem in uns lebenden Gottesbild zu arbeiten und uns den von ihm geschaffenen Gesetzen, die wir ja nicht umgehen können, zu unterwerfen? Sind wir doch in sie eingebunden, wie die gesamte Schöpfung. Es wird uns bestimmt nicht schaden, wir werden eher viel Nutzen davon haben. Denn wir können uns nicht gegen die großen Naturgesetze wenden, ohne viel Kummer und Leid zu erleben. Können wir denn den Wandel der Sterne beeinflussen? Sind uns die Atome und Grundelemente untertan? Haben wir Einfluß auf den Weg der Sonne? Wir müssen uns den Gesetzen der Schöpfung unterwerfen, ob wir wollen oder nicht, da wir sonst Gefahr laufen, selbst zugrunde zu gehen. Oder sind wir der Meinung, daß Gott seine Gesetze unserem Hochmut zuliebe ändern wird? Wir sollten nicht zu sehr darauf vertrauen, daß die Intelligenz, die wir haben, uns vor den systemimmanenten Strafen schützen wird. Wir sollten uns immer bewußt werden, daß das tausendfache All Gottes Schöpfung ist. Was wissen wir bisher davon? Selbst die Materie ist uns noch lange nicht restlos bekannt. Viel werden wir noch lernen – und begreifen – müssen!!

Und wie ist das mit dem Glauben? Hat Gott nicht verschiedene Propheten auf die Erde geschickt, um uns den Weg zu ihm zu zeigen? Gibt es doch so ganz unterschiedliche Menschen mit verschiedenen Lebensformen, wie sollte Gott nicht auch differenzierte Glaubensformen vorgesehen haben? Wer also gibt uns das Recht, eine Kirche (Christus hat keine Kirche gegründet!), eine Glaubensgemeinschaft den anderen Glaubensüberzeugungen vorzuziehen? Hat nicht dieser Gott auch die vielerlei Propheten ins Leben gerufen, um den Menschen nach ihrem Vermögen einen Gott der Liebe, der ewigen Existenz, nahezubringen? Warum wollen wir versuchen, ihm das zu verwehren? Wer nimmt für sich in Anspruch, die alleinige Wahrheit über Gott zu haben? Mit welchem Recht setzen wir uns über die unendliche Vielfalt der Welt und ihrer unglaublichen Ordnung hinweg, um nur unsere eigene, eingeschränkte Meinung über alle anderen Ansichten zu setzen?

Warum eigentlich will Gott uns an sich binden? Weshalb sollte er Wert darauf legen, daß wir uns mit ihm in Verbindung setzen? Was hat er davon? Ist es nicht vielmehr so, daß der große Geist der Schöpfung zwangsläufig auch in uns vorhanden ist, »systemimmanent«? Daß wir uns ihm gar nicht entziehen können, selbst wenn wir wollten? Hängt nicht die gesamte Schöpfung zusammen, so daß wir uns gar nicht ausklammern können? Sind wir nicht zwangsweise abhängig von der großen Gesamtheit, in die wir hineingeboren werden? Wozu wollen wir uns »abtrennen« von ALLEM, obwohl wir wissen, daß das gar nicht möglich ist? Gibt es denn wirklich einen sogenannten »bösen« Geist, der uns von dem Schöpfergott trennen will? Ist das möglich? Und was für ein Wesen ist das? Gibt es einen »Teufel« oder etwas Ähnliches? Aber was ist das, das in uns ist und sich gegen die Schöpfung insgesamt auflehnen möchte? Etwas, das gegen die Gesetze der Schöpfung auftreten möchte und uns dazu benutzt? Haben wir nicht eine – wenn auch nur eine kleine – uns angemessene Freiheit mitbekommen, die uns befähigt zur Entscheidung? Könnte das eine uns verliehene Möglichkeit sein, um uns freiwillig der Güte Gottes zu unterwerfen?? Was oder wer ist das? Ist denn nicht alles von Gott? Was ist denn nicht von ihm, was ist nicht auch geistig, mit dem Geist der Schöpfung zu einer Einheit verschmolzen? Ist die Ursache unserer Schwierigkeiten nicht vielleicht auch »der Geist« in uns, der uns im Unklaren über die Wege, die wir zu gehen haben, läßt, weil wir uns immerzu selbst im Wege stehen? Hat Gott uns, seinen Geschöpfen, zu viel Freiheit gelassen? Wollte er, da er uns ja nicht nur Verstand, sondern auch »Geist« mitgegeben hat, Wesen erschaffen, die seinen Geist in sich tragen und freiwillig sich seinen Gesetzen unterwerfen, um dadurch ein glückliches, freies, ereignisreiches und erkenntnisreiches Leben zu erfahren? Sollen wir uns durch unseren Geist, durch unsere innere Sehnsucht und unsere Erkenntnisfähigkeit den göttlichen Gesetzen annähern? Es ist wohl eine sehr schwierige Sache, hier den rechten Weg zu finden. Aber die Propheten haben uns Wege zu dem großen Geist gezeigt. Wenn wir ernsthaft versuchen, z.B. dem Wort Jesu nachzuforschen: Das Himmelreich ist inwendig in euch!, werden wir sicher den richtigen Pfad finden.

Je mehr wir darüber nachdenken, um so grotesker werden unsere Bemühungen, uns Gott zu nähern. Wir können hinsehen, wo wir wollen, überall kommen uns unsere Fehler entgegen, unser Egoismus und unsere Unfähigkeit, das große Gebot der Nächstenliebe an die oberste Stelle unseres Denkens zu setzen. Und wir werden stets die Erfahrung machen, daß wir immer wieder entgegen unserer besseren Erkenntnis den falschen Weg gehen. Die daraus resultierenden Fehler stören unser Streben nach Harmonie, nach Übereinstimmung mit dem Großen und Ganzen, nach dem Gleichklang mit allen Wesen der großartigen Schöpfung. Erst wenn wir begreifen, wie sehr in diesem ungeheuren Universum alles voneinander abhängt, wie wir nur ein ganz kleiner Teil eines Organismus sind, der alles in sich einschließt, werden wir leben können in Harmonie und Freude und aufhören, alles verbessern zu wollen und dabei den universalen Gleichklang, in den wir selbst eingebettet sind, zu stören. Und erst dann werden wir uns des Schöpfergeistes in uns bewußt werden und wahrhaft beten können.